Ciudades en las que no vivo

Jaime del Fresno

Ciudades en las que no vivo

niños gratis*
Colección Asterisco

Primera edición: noviembre de 2024

www.niñosgratis.com

ISBN: 978-84-129059-1-5
Depósito legal: M-24918-2024

Diseño: Hnos. Paadín
Impresión: Punto Verde

Printed in Spain - Impreso en España

Para mi hermano

Pero tal vez él, en sus vagabundeos,
se encuentre con otro como yo.

Eduardo Haro Ibars

16 de julio — Londres

Es una pena que G. se vaya a vivir a París y nos hayamos conocido tan tarde. Hoy hemos bailado. Hay algo sobre lo que quiero escribir. Delante de la casa de D. hay un hombre sentado, lo veo a menudo y ríe cuando salgo de madrugada hacia mi casa, D. nunca lo mira. La puerta es negra igual que el cuaderno que he dejado de escribir.

22 de julio — Madrid

Acabo de terminar *Mis padres* y vuelvo a sentir la urgencia de la prosa, de una escritura que recoja mis lecturas. Quizás algunas páginas de este diario sirvan. La urgencia de salir. De ir a lugares comunes a horas en las que nunca he ido. Saldré más tarde, suelo llevar mi diario en el bolso. Tengo que ponerme a escribir. Escribiré sobre el paseo bajo las farolas que no funcionan.

24 de julio — Madrid

Al despedirme de C. tiré hacia al parque. A mitad de camino un hombre viene hacia mí se lleva la mano a su entrepierna esperamos una distancia prudente para girarnos tuerce sigo hacia el parque. Pasado el quiosco las luces fallan. Cada farola es un faro. Grabo las farolas y cojo la escalera que baja. *Tiene espinas el rosal.* Iluminados por bombillas naranjas y las luces de los taxis, frente a la rosaleda fumo con unas mujeres. Pido fuego *¿qué haces tú por aquí? tú vete arriba* y señala una zona oscura sobre nosotros. Lo invito a un cigarro y acepta, el mío entre los labios *se te calló al pie te saldrá un chico guapo esta noche.* Al despedirme me piden más cigarros y vacío mi cajetilla. Paso una hora caminando por el parque y no veo a casi nadie. Otro hombre que se lleva a su perro, besos bajo el tendido eléctrico, no transcurrió en este orden, los dos nos giramos solo hay farolas que fallan.

27 de julio — Bolonia

Cuando llegué ayer a su casa me acogieron con un calor extraordinario. Tomamos café y luego hablé con C. hasta la hora de cenar. Una mujer que lanza el corazón y luego va que vive buscando su corazón, que no es creyente pero de su balcón ha colgado dos rosas bendecidas por santa Rita que no pudo darle a su madre. Me ha abierto las puertas de su casa y de su familia hablándome de los dibujos enmarcados que adornan su cocina. Después de cenar salí a dar una vuelta por la ciudad.

28 de julio — Bolonia

Después del desayuno, frente al espejo del baño me he visto unas manchas oscuras en la espalda. En Bolonia los chicos son guapos, por la mañana he visto a uno hablarle a la esquina de un pórtico. En la Plaza Mayor dos hombres armados custodian la catedral. Creo que tenía más curiosidad por su casa que por él, *primer piso, izquierda, izquierda*, aun sabiendo que tenía quince minutos. Sentados en tu cama pero no demasiado cerca. Leo es un chico con el pelo del color de la lejía, me dijo que llevaba tres días sin salir de casa por el calor, el somier que chirría, te acercas en calzoncillos y me besas. Te beso el cuello y te acaricio la oreja, tú agachas la cabeza, no sé si te gusta tampoco me lo pregunto, te chupo los dedos nos separamos. Nos hemos mirado mucho a los ojos para el poco tiempo que hemos estado juntos. Eres guapo y sin esfuerzo consigo hacerte confesar que tú también robas, te has reído cuando te he dicho que el libro que llevo en el bolso es robado. Hablamos y nos despedimos. Escribiendo me doy cuenta de que nos despedimos sin tocarnos, al salir me sorprende lo mismo que al entrar, un portal atestado de bicicletas.

29 de julio — Pisa

En el tren he leído los diarios de H. mañana llegaré a Rio. En Pisa el albergue está cerca de la estación. Escribo sentado frente al río. Vengo de la costa donde he estado con A. Me recogió en su coche y fuimos a Pisa della marina. Un hombre distinto a mí. Durante un buen rato he tenido su polla entre los labios y él la mía, nos hemos corrido de rodillas sobre la arena mientras nos abrazábamos y besábamos. Este es un país en el que de repente ves ángeles. Ahora me quito la arena de los muslos, me ha dicho que me acordaré de él siempre porque yo nunca lo había hecho en la playa.

30 de julio — Rio

La Isla de Elba vista desde el ferry. Faltan muchas cosas que escribir sobre anoche. Hoy no voy a ir a ver a H. voy a ir al mar. La subida a Rio ha sido demoledora, me he dado cuenta de que no tengo la autonomía que pensaba para llegar al pueblo. Descarto la idea de ir y volver caminando. Voy a coger el autobús, es demasiado peligroso para volver de noche, me he fijado en que apenas hay luces en la carretera. El pueblo sobre la ladera, las campanas dando las ocho. He entrado en la iglesia, el peso de su presencia es intenso, piso donde él pisó, mañana iré a verlo, saber que caminaste por las mismas calles que yo con un cuaderno en el bolso. No he encontrado la parada del autobús y he tenido que bajar corriendo. Creo que ayer lo que más nos dijimos A. y yo es que nos habría hecho falta una cama. Me dijo lo cansado que está de esconderse *¡tú eres demasiado guapo como para tener que esconderte!*

31 de julio — Rio

Hoy nos hemos visto. Hoy por fin nos hemos visto. No te encontré en el primer patio del cementerio sino en el segundo, al torcer la esquina después de recorrer los nichos. Al torcer una esquina. La única lápida que no es blanca. Tu nombre y la promesa de tu cuerpo. He besado tu nicho. Cuando la mujer se ha acercado he tenido miedo de que la humedad sobre la lápida denunciase a este pequeño necrófilo. Me ha parecido obvio que la mancha fuese un beso. He estado leyéndote tus diarios y te he prometido volver mañana. Un hombre ha venido a hablarle a su hija, no estoy loco. He almorzado en la plaza del pueblo y me he quedado leyendo en la iglesia hasta que ha venido el cura a dar misa, pero antes ha entrado una chica, ha tocado a cada santo, ha encendido una vela a la Virgen y antes de marcharse ha besado al Cristo muerto, este es un pueblo de necrófilos. He vuelto al cementerio y es entonces cuando me he comportado como lo que soy como un enamorado. Me he puesto a correr al ver a un grupo detrás de mí, sé dónde estás y no iba a permitir que nos robasen el rato a solas que íbamos a pasar. He atravesado corriendo el patio y me he quedado delante de ti. He cogido la carretera que sube la montaña y he llegado a tu casa. La puerta estaba cerrada y he saltado el muro para entrar en el jardín. Hoy la urgencia de la escritura. Al salir de la ducha me he encontrado con un ángel y me ha sonreído. Aquí parece que siempre estoy escribiendo.

1 de agosto — Rio

Vuelvo a estar sentado delante de ti sigue sobre el nicho la mancha del beso. Desde donde estás enterrado se puede ver tu casa. Sentado en el muro de tu casa. Escribiendo cerca de donde tú escribiste leyendo cerca de donde tú leíste. He cagado junto al muro de tu jardín. Un chico y yo nos miramos en la plaza. He cogido una servilleta del bar he apuntado mi número *el chico de la terraza* y cuando estaba descargando la he dejado sobre las cajas de naranjas.

3 de agosto — Génova

Ayer por la tarde llegué a Génova. Una noche de calor, cerveza, príncipes y callejones. *¡Gracias diablo!* En el Vico della Maddalena con el Vico della Rosa.

4 de agosto — Génova

La tarea de pensar solo en las palabras que escribo entro en tu diario saltando el muro de tu jardín. *San Francisco es san Francisco señora, yo no y el perro tampoco.* Entré a la iglesia de Jesús durante la misa, me quedé en la entrada. Una anciana entró arrastrando a su perro. Su confesor la paró con la mano y le dijo que la bestia no. Más bella Génova de noche bajo la promesa de una estrella corren las ratas y los pórticos se llenan de hombres. Un chico me ha sonreído y le he dado mi número de teléfono, como no me lo puedo llevar a él me he comprado una porcelana.

5 de agosto — Génova

En Staglieno a uno le entran ganas de morir. Ahora sé de dónde salen estos chicos. Me impresiona que para mí sea normal lo que hago en los cementerios. El chico me ha escrito pero ya ha dejado la ciudad, me ha dicho que a él también le gustó mi sonrisa.

7 de agosto — Madrid

Después de comer deslizo mis dedos pulgar e índice por las esquinas de mi mandíbula hasta la nuez y vuelvo a subir para presionar mi mentón. Lo hago durante cada comida con miedo de no encontrar los ángulos de mis huesos. Si no lo hago no puedo levantarme. En la mesa tengo a mano un cuchillo, el día que no encuentre mis huesos lo cogeré y frente al reverso de la cuchara perfilaré mi rostro. Ayer en el tren que me alejaba de Génova me encontré con un niño de Staglieno.

9 de agosto — Madrid

A veces me entra el pánico de perder este cuaderno cuando no lo tengo conmigo y no soy capaz de recordar el lugar exacto en el que lo dejé, aunque cuanto más lo saque de casa más probable es que lo pierda.

17 de agosto — Madrid

He estado pensando en las farolas del parque.

24 de agosto — Madrid

Después de escribir tengo los dedos manchados de tinta. Escribo a mano para al releer no entender lo que escribo. En el colegio nos decían que quien no comprende su propia escritura es burro por naturaleza, quien no entiende su propia escritura puede escribir lo que quiera que las manos no se le mancharán.

31 de agosto — Madrid

Tengo golpes de escritura y la mano se me retrae. Una mujer predicando en el metro pidiéndome que consagre mi juventud, mi padre contándome que de niño lloraba de rabia cuando se burlaban de él para contarme al día siguiente que lloraba de pena.

12 de septiembre — Madrid

Escribo en mi cama porque mi mesa está desordenada. Cuando escribo en la cama me acaba doliendo la espalda, pero no importa, quiero que lo que voy a escribir hoy sea consecuencia de una postura lánguida. He ido a recoger un carrete que dejé la semana pasada. Me ha sorprendido una mezcla de ternura e indiferencia. La foto que más esperaba no se ha revelado, foto-fantasma, un retrato de M. momentos después de despedirnos. Esa foto que en mi cabeza es nítida no existe se la comió la luz. Han aparecido dos retratos de M. que no recordaba y unas fotos suyas fumando y sonriéndome, hay también una foto de dos botellas de vino que bebimos juntos.

17 de septiembre — Madrid

Hoy he escrito en otro cuaderno.

18 de septiembre — Madrid

Demasiadas cosas sobre las que escribir. No lo he hecho por temor a que se agoten las páginas del diario, no quiero saber si esta es la última página no escribiría si lo supiese. Hoy en el metro un chico me ha mirado mucho yo he aguantado más.

25 de septiembre — Londres

He vuelto a Londres. Me horroriza tener que releerlo todo.

27 de septiembre — Londres

Esta tarde lo que he escrito me ha parecido falso. Soy quien lo piensa, quien lo escribe y aun así me parece falso. Me parece falso aunque lo relea. Hace tiempo escribí que ojalá mi diario fuese el de otro. Hoy me lo parece, sé que soy yo quien lo ha escrito pero me da igual. No voy a escribir por escribir. ¡Como si hubiese acaso otra manera de hacerlo! Tercer día en esta ciudad y ya me duele la garganta, a ver cuándo se me empiezan a caer las manos.

6 de octubre — Londres

Londres me espera en una esquina por la que no dejo de pasar. Una ciudad de la que se ha caído el cielo. Quizás no sea soledad pero es la palabra que he decidido darle. Para mí la soledad es un chico que conoces en un cementerio te da un beso se transforma en pájaro y se marcha a París riéndose de ti. Tal vez si escribo mentiras las mentiras se multipliquen y este diario acabe siendo una mentira.

7 de octubre — Londres o El primer chico al que llamé ángel

1 de marzo — Londres

Hoy el cementerio estaba precioso. He ido cuando todavía llovía. Los narcisos y los almendros brillando sobre el barro. He ido para que no se quedase vacío, para que por lo menos hubiese un chico. Los pájaros. Un día un chico al que después llamaré ángel me dirá que él había venido a escuchar a los pájaros luego daremos una vuelta y lo invitaré a tomar un café.

12 de marzo — Londres

No voy a ir, siento dentro su silencio. Por la tarde lo he visto a lo lejos montado en su bici. He pasado la tarde dando vueltas para encontrarme contigo.

10 de abril — Londres

De camino al cementerio paso por tu calle, tu casa está ahí. Antes de ti ese lugar no existía y ahora cada vez que cruzo mis ojos buscan tu ausencia en la calle, no te buscan a ti buscan que no estés.

FIN

12 de octubre — Londres

Anoche estuve en la cocina hablando con V. sobre la comida. Los dos hablamos de lo mismo evitando las mismas palabras que sin embargo no dejaban de revolotear entre lo que decíamos intentando colarse en los silencios. Hablamos en la cocina sobre la comida sobre la tentación de dejar de comer pero eso fue lo que no dijimos.

13 de octubre — Londres

Escribo por escribir. No existe tal cosa como una escritura honesta. No hay mejor manera de escribir que escribir por escribir. Me cuesta pensar cómo escriben los demás. La tinta es lo importante. Escribo para llenar páginas.

15 de octubre — Londres

Mientras escribo un edredón de hojalata ha cubierto la ciudad, podría decir que esto lo escribí en el cementerio pero lo he escrito en mi habitación. Mi casa vuelve a reírse de lo solo que estoy y la tostadora quiere hacerme creer que hay alguien en la cocina.

18 de octubre — Londres

Cuando miento los labios se me cubren de tinta como si bebiese directamente de la pluma. Aunque me gusten las mentiras no puedo engañarme, no siempre me siento solo. Ese es el problema. Que vuelve. Hasta la soledad te abandona. Y vuelve.

23 de octubre — Londres

Entro y me tenso, los oídos, los ojos. Un cojo bajo la lluvia.

27 de octubre — Londres

Cuando se apoya en el papel la tinta aún es brillante. Escribo una línea y espero a que se seque para escribir la siguiente, no es una buena forma de escribir se te llena la cabeza de espacios. Estoy nervioso por ver a Candy esta noche, solo lo he visto a oscuras.

28 de octubre — Londres

Ayer la cita con Candy fue decepcionante. Me gustó su ropa y su sombrero de copa rojo en el que había un peluche del que colgaba un pañuelo. Me regaló una rosa fucsia. Estaba conociendo a la persona más solitaria de Londres. Desnudo es más bello que vestido. Su coche ahora es un cubo y no ha pedido que se lo devuelvan, su casa hecha un cubo, el sombrero, la rosa, la madre de la que no paraba de hablar. Candy se merece que vuelva a escribir su historia.

30 de octubre — Londres o El chico del sombrero rojo

Pensaba que estaba conociendo a la persona más solitaria de Londres y me preguntaba qué pasará cuando dos chicos se encuentren en una estación del este de la ciudad. Pensaba que estaba conociendo a la persona más solitaria de Londres y vino con un sombrero de copa rojo en el que había un osito del que colgaba un pañuelo azul, estaba a punto de conocer al chico más solitario de Londres y me regaló una rosa que no era ni roja ni morada. Estaba en una estación esperando al chico más solitario de la ciudad y antes de salir de casa me había asegurado de que el esternón brillase debajo de la camiseta. La persona más solitaria de Londres apareció entre las otras personas, lo vi porque llevaba una mochila demasiado grande o por llevar puestos varios abrigos. Bajo las luces de la estación me imaginé que reconocía su cara me imaginé que me reconocía, me dio una rosa y le dije que la conservaría siempre.

1 de noviembre — Londres

A veces tengo la sensación de que escribo como si escribiese mi obituario. Será por la foto que mi madre me ha mandado del nicho *mira que guapo el abuelo*. Cada año mi abuela escoge e invierte en las flores que adornarán durante un año la tumba de sus padres y el nicho de su marido. Un ramo de rosas rojas, hasta con el marido muerto sigue fingiendo. Para sus padres un ramo rosa y blanco. He llamado a mi abuela y me ha contado como mi madre ha fregado y adornado las tumbas. Hoy D. se ha marchado a Roma, las personas adquieren una dimensión mítica cuando viajan, nos damos cuenta de que también pueden existir lejos de nosotros. En Roma, un chico suizo besó a un chico al que yo tenía que besar, en Roma un chico suizo me dejó sin el beso de un chico al que yo tenía que besar, en Roma le dio un beso se lo llevó a Suiza y el chico al que yo tenía que besar me dejó de hablar. Roma me robó un beso y de París espero una carta. Iré a París, encontraré a un chico frente a una paloma. Iré a Roma, daré un beso a un chico dejando a otro chico sin el beso que tenía que darle, volveré y escribiré un libro titulado *El beso recobrado*. Roma me debe un beso y París me debe una respuesta.

3 de noviembre — Londres

Hay cosas que quiero escribir pero hacerlo me inquieta. Quiero escribir el cuento que nuestros padres nos contaban a mi hermano y a mí. Hoy he conocido a un chico del que podría enamorarme, pero no he podido mirarlo a los ojos cuando se ha remangado la camiseta *¿cuántos pájaros te persiguen mientras paseas? ¿cuántos espejos tienes en casa?* Me han dado ganas de acercarme y preguntarle qué historia le contaron de pequeño, me han entrado ganas de darle el plano de mi casa y ver que nuestros cuartos coinciden.

6 de noviembre — Londres

Las ganas de arrancar las páginas en blanco de este cuaderno. Para que este cuaderno no se pueda escribir más escribo demasiado en este diario. La fecha sería suficiente, la fecha y si he disfrutado o no de la cena. Arrancar las páginas blancas como me rasco donde no pica para que empiece a picar y seguir rascándome, así es como escribo, sin nada que escribir. El otro día escuché la conversación de dos niños de nueve años en el autobús, los dos niños de nueve años hablaban de chicas desnudas y se decían cómo eran sus madres desnudas. *Por Halloween fuimos a casa de la abuela de un amigo y vi a una mujer desnuda, también vi a la abuela desnuda pero ella no me gustó.* El otro le dijo que en su salón tienen el cuadro de una mujer desnuda y le respondió que ya lo sabía. Uno le dijo al otro *píntame como a una de tus chicas francesas, píntame como a una de tus chicas francesas* les dije y me pareció algo muy divertido que decirles a dos niños de nueve años.

7 de noviembre — Londres

Quiero contar la historia que nos contaron mis padres a mi hermano y a mí cuando éramos niños. Mi hermano les preguntó de dónde vine yo y yo no sabía que yo había llegado de ningún sitio. El cuento que nuestros padres nos contaron se titula *El bosque de los hermanitos*. El bosque de los hermanitos es igual al Bosque de los cien acres. El bosque de los hermanitos está lleno de niños que no han nacido. Mis padres nos contaron que un día decidieron tener otro hijo, pero como los niños se caían de la tripa de mamá decidieron ir a buscarme al bosque de los hermanitos. Yo no les estaba esperando, pero ellos querían otro niño así que en el bosque de los hermanitos me cogieron de la mano y se marcharon conmigo. Me dijeron sus nombres y me enseñaron mi casa yo quería volver al bosque a seguir jugando con las avispas. Algunas tardes echaba mucho de menos el bosque y planeaba irme a buscarlo al albor de la luna, pero ya era muy alto y no habría entrado. Esta es la historia que nuestros padres nos contaron. Miraba a mi madre y no estaba seguro de que en su tripa cupiese un bosque. Desde ese día supe por qué no puedo disfrutar de la cena. Pienso mucho en ese bosque, intenté escribir un libro de poemas sobre un bosque pero no fui capaz.

9 de noviembre — Londres

Tengo muchísimas ganas de ir a París a conocer a Mathieu, quiero encontrarme con el chico que busca un pájaro azul.

11 de noviembre — Londres

Otro día me habría molestado, pero no esta mañana. Un chico sentado en el autobús ha puesto unas canciones de Françoise Hardy. Lo he visto desde atrás. Esto lo llevo queriendo escribir todo el día, pero no tenía mi diario a mano. Esa distancia es reconfortante, no siempre puedo escribir cuando las palabras se me agolpan, y pasan doce horas desde que un chico se sienta en el autobús hasta que yo puedo escribir sobre él. Que el chico del autobús se aleje, la distancia que nos separa se dilata en la escritura. Llevo este cuaderno conmigo y lo llevaba esta mañana en el autobús pero lo he olvidado, ahora estoy en mi habitación, no sé dónde está él.

12 de noviembre — Londres

El cementerio es un lugar de fantasmas. Giras y ves al otro girar. Que intente otro escribir lo que es mear sobre una tumba y que no te des cuenta hasta que te subes la bragueta.

13 de noviembre — Londres

La posibilidad de encontrarme con otro es un motivo suficiente para bajar. Hoy he vuelto al cementerio y he conocido a un chico. Lo he acompañado a su casa, luego he ido al andén a ver pasar un tren y he vuelto a mi habitación. Vive en el 48b de Stoke Newington Road, su nombre es Mika y desde hace siete años vive en Londres, es de Finlandia. Él no es un ángel, pero es un chico en un cementerio.

14 de noviembre — Londres

En esta ciudad no se dan cuenta de lo solos que están. No son capaces. El problema es que me contagian. Fingen un desinterés que es el reflejo de su tibieza. La gente que me interesa es la que se enamora de los pájaros. No hay escapatoria a esta ciudad y escribo enfadado porque hoy estaba siendo un buen día y ahora es Londres otra vez. Su compañía es falsa. Cómo puedo borrar lo que acabo de escribir la tinta la tinta la tinta porque hoy estaba siendo un buen día y ahora vuelvo a sentirme como muchos otros días. Echo mucho de menos a mi hermano. No hay tarea más penosa que escribir este diario y no me atrevo a escribir lo que no me deja cenar, ni a decirlo tampoco me atrevo a decirlo. Cómo puedo borrar esto y volver a la cocina. Voy a ir a la cocina dejando un rastro negro sobre la moqueta azul.

15 de noviembre — Londres

Al despertarme me he puesto a leer y me han entrado ganas de escribir. Sostengo la pluma frente al libro y frente al edredón. Mi edredón es una página en la que meterme. *Cuando las palabras no guarecen yo hablo* es lo que he querido escribir sobre mi edredón para envolverme mientras afuera llegaban los albañiles para tirar la casa de enfrente. Un edredón cubre la ciudad. Solo tendría sentido arrancar las páginas si siguiesen blancas. Podría escribir muchas cartas de amor a mi hermano pero sé que no querría leerlas. Tengo tantas palabras entre las manos y escribo palabras que están solas. Veréis las palabras más solitarias del diccionario y me diréis que con veinte años no puedo saber lo que significan. Creo que no siento lo que escribo, desearía no sentirlo, no intento escribir con honestidad.

16 de noviembre — Londres

Que este cuaderno sea una hemorragia ya se me había ocurrido, que lo es de mi pluma me acabo de dar cuenta. Uso un montón de palabras de las que me gustaría prescindir. ¿Por qué insisto en convertir este cuaderno en un diario?

19 de noviembre — Londres

Somos pocos los que hemos venido hoy. Escribir se ha convertido en el motivo por el que vengo, aquí se escribe de otra manera. Mientras escribo una borracha vigila las tumbas y quizás mientras escribo cerca de mí camine un chico. Escribo para evitar mirar al que pasa delante de mí, mientras escribo no lo veo. Cuando pasa de largo lo miro. Dejo de escribir porque no viene nadie. Antes del cierre quedamos pocos, cierran pronto porque no hay farolas en el cementerio, cuando nos vamos los pájaros se quedan.

20 de noviembre — Londres

Ya sé a quién busco, a los enamorados del frío al chico que vi cojear cuando llovía.

23 de noviembre — Londres

A veces en la calle empiezo a caminar como si caminase por el cementerio. A veces cuando no estoy ahí empiezo a caminar como se camina por ahí. A veces cuando estoy lejos del cementerio camino sabiendo que igual que yo camina por ahí otro chico. El ángel no va cuando voy, si yo voy él no va. Camino sabiendo que ellos también lo hacen, camino intentando copiarles, camino porque ellos también caminan, soy incapaz de ordenar estas frases para escribir lo que quiero decir. Van a la rosaleda en invierno. Cuando oscurece aprenden que hasta las flores son negras de noche. Un chico me ha hablado en el andén del metro, no me ha dicho su nombre, se ha disculpado y me ha dicho que estaba cansado así te quedas en silencio con un extraño en el andén del metro, estoy escribiendo delante de él.

25 de noviembre — Londres

Hoy he ido al cementerio.

26 de noviembre — Londres

Hoy he ido al cementerio y he pensado que en París un chico ha tapado la ventana de su cuarto con diccionarios ¿qué tienen en común un diccionario y un espejo? que no paran de hablar.

30 de noviembre — Londres

Hoy he vuelto a ver a mi vecina judía asomada a la ventana, es una niña y lleva un vestido rojo. La omisión y la elipsis son la lógica de este diario. Podría omitir escribirlo, pero lo escribo, la urgencia de registrar, de registrar hasta la omisión. Las personas de este cuaderno viven mientras yo escribo. Mientras escribo no los veo. ¿Cuándo forraré este cuaderno con un papel fucsia? Qué hacer si no veis que este diario está forrado de fucsia, un cuaderno verde forrado de fucsia es como una boca con los dientes pintados de azul. Esta mañana me ha parado una mujer y me ha dicho que no le gustan mis ojos. Se llama Annail. Me pregunto si yo soy una elipsis en la vida de un chico que camina por el cementerio. Annail va con su bici y sus bolsas parando a los chicos de Londres. ¿Por qué escribo si me encuentro peor después? Tiraré este diario detrás de mi nevera, tiraré este cuaderno dentro de una elipsis.

1 de diciembre — Londres

¡Qué sensación genial cuando no nos gusta lo que decimos! En esta ciudad escribo solo estupideces. Escribo para llenar cuadernos.

3 de diciembre — Londres

Annail no me lo ha dicho pero por las mañanas toca el acordeón. Tendría que escribir el diario de mi diario, un diario donde escribir lo que hago cuando no estoy escribiendo ¡un acordeón roto!

4 de diciembre — Londres

Hace frío. He bebido y fumado. Esta noche he conocido a un chico de Amberes, me ha hablado de los tiovivos de su ciudad. He bebido demasiado. Me vuelvo una marioneta en un escenario de soledades y acepto como mía la habitación de un hombre con cinco pestañas de porno abiertas, vuelvo a mi habitación y levanto una casita de papel con las páginas blancas de este diario, qué poco valor tiene lo que escribo.

5 de diciembre — Londres

Odio esta ciudad, la odio, la odio, la odio, la odio, espero que de tanto abrirla en canal se desplome aplastando los vagones del metro y estalle la gasolina de los coches. No entiendo por qué se molestan en parir si en esta ciudad les valdría con eructar. Quiero que el cielo termine de caerse y cubra las ventanas con anuncios de niños desaparecidos. Que arranquen las flores de los jardines de Kensington. Escribo sentado entre vosotros. Un hombre con la cara colgante empuja un carrito de bebés. Voy a coger a ese niño y lo voy a tirar a la basura, en su lugar pondré una bomba, una cerveza o este diario y el cerdo no se dará cuenta hasta que en la falsa oficina de correos le digan que en su carrito no hay un bebé sino una bomba, una cerveza o este cuaderno y llorando retoce con los cerdos de visera roja en la oficina de correos. No sé en qué se ha convertido este diario.

10 de diciembre — Londres

Escribo en un vagón abarrotado. Sostener la pluma como un cuchillo. En otro vagón, de otra línea, de otra página, hay sentado un chico de camino a un lugar al que yo llegaré tarde. En doce horas estaré en París, voy a buscar a un chico gris buscando una paloma azul. Una vida puede caber en este cuaderno una vida puede caber en una elipsis.

11 de diciembre   Londres

He hecho una maleta llena de ropa sucia y me he marchado a París. En la estación me doy cuenta de que me he dejado los cartuchos para la pluma. Miedo a escribir y que cuando quiera escribir no pueda. En París las palabras salen por los pies y los niños han dejado de salir, engordan comiendo las galletas que sus madres les dejan antes de cerrar la puerta de la cocina. Los niños crecen y engordan sin salir de los vientres de sus mamás. Annail nunca ha tenido hijos y para engañarnos se ha tragado su acordeón. Me ha acompañado a la estación y se ha despedido de mí, con cada resoplido sonaba en su tripa música triste.

11 de diciembre — París

Tiro de una maleta llena de ropa sucia. Nada más salir de la estación vi una paloma y le dije *no eres azul*. Un montón de palomas se peleaban junto a un contenedor *no sois azules*. Cuando oscurezca saldré a buscar a los enamorados del frío. Espero el café con impaciencia. Si no fuese porque luego tendría más frío me pasaría el día meándome las manos. Al volver a casa el cuaderno y la pluma estaban empapados. No he visto a nadie pero otro basta aunque no nos encontremos. Annail me lo advirtió, con tanto frío se les escarchan las alas a las palomas.

12 de diciembre — París

He desayunado con Mathieu y hemos quedado en vernos el miércoles. Por la tarde de camino a un cementerio me he encontrado con el chico más solitario de París y lo he seguido. Tengo que dejar de comprarme libros que no puedo leer.

13 de diciembre — París

Esta ciudad es un cementerio, esta mañana el vagón estaba repleto de ángeles.

14 de diciembre — París

Voy a robar una cucharita de cada café. Hoy tendría que ser el cumpleaños de H. los cafés en París están llenos de fantasmas. Cuando me acabe el café voy a ir a tu casa. Escribo en la esquina del café con un jersey blanco. Ya casi he acabado el café, ahora salgo hacia tu casa, nunca he ido y me preocupa no encontrarla, pero tu nombre estará escrito en la puerta. Salgo. La calle se ha acabado y alguien ha borrado tu nombre de la puerta de tu casa. Da igual, hoy es tu cumpleaños y he pasado por delante de tu casa. Hoy un chico se ha recorrido la rue Vaugirard buscando tu casa.

15 de diciembre — París

Dejo París con el estómago lleno del humo de los cigarros que he fumado con Pèdé. Antes de subir al autobús ha venido una paloma *no eres azul* y se ha echado a volar. Me voy y mi estómago es un acordeón lleno de humo.

16 de diciembre — Madrid

Luis me ha dado un cerdo cortado por la mitad y luego en tres trozos, lo he guardado en mi bolsa y he ido de paseo con mamá. Luis es carnicero desde que tiene dieciséis años y al pasarme la mitad de un cochinillo me he mordido los labios.

18 de diciembre — Madrid

¿Cómo será el día que no escriba? Nunca he fumado tanto como los días que estuve en casa de Pèdé. Pèdé almacena sus sueños en una cajetilla. Un cigarro un deseo, nunca he fumado tanto como en su casa. Todas las variaciones posibles para contar la historia de Pèdé forman parte de la historia de Pèdé. La historia de Pèdé es una historia sin elipsis una noche en vela. Antes de que yo se lo contase nunca había oído hablar de los enamorados del frío, no sabía nada de sus parques de rosas ni de sus cementerios.

19 de diciembre — Madrid

Pienso mucho en Pèdé, ahora que sé dónde duerme y come podría recrear los gestos que componen su día, lo veo ordenar su bolsa de pastillas como botones que lo unen al sueño.

20 de diciembre — Madrid

He soñado con el caballito de madera que hay en casa de mis tíos y no me dejaban montar.

13 de diciembre — París

Al entrar he visto a Pèdé en el suelo pisando la cola de un ratón, esto puede ser el inicio de su cuento.

22 de diciembre — Madrid

Más tarde voy a salir. *Y si uno de ellos me estrechase de pronto contra su pecho se romperían las estrellas*. Algunas estrellas requieren que esos hombres las miren. Escuchas el ruido que surge del silencio. Mientras escribo el día se vuelve trece de diciembre.

13 de diciembre — París

Nos movemos como espejos solitarios. Sobre tu cama los pies con los pies la frente con la frente. Por la ventana de tu habitación se ve la ciudad.

22 de diciembre — Madrid

Sé que a mi hermano no le gusta cómo escribo pero este diario es para él.

13 de diciembre — París

Hoy he visto las cartas de amor. En un sobre verde en una carpeta azul lettres d'amour. Tanta vida en tanta tinta. H., en la mitad de tu último diario dejaste doce páginas blancas. Hoy he copiado tu letra, te la he robado. He sostenido tu último cuaderno. La urgencia de escribir mi diario al leer los tuyos.

23 de diciembre — Madrid

No siempre recuerdo lo que escribo. Tacho muchísimo. Este cuaderno se lo comerán un burro y un caballo, el burro las páginas blancas el caballo las páginas negras.

13 de diciembre — París

Por la mañana, en la cocina de Pèdé hay un caballo de madera. Pèdé aprieta el puño mientras escribo.

29 de diciembre — Madrid

Escribir sobre los besos amarillos que me dieron la otra noche en una esquina escribir sobre el hombre al que enseñaban el culo escribir sobre la delgadez de Joiran, uno que me besó y se fue.

30 de diciembre — Madrid

La culpa en la boca hablar comer. El día se ha vuelto trece de diciembre y mi habitación se ha vuelto la tuya para escribir sobre ti. Sé que estás en algún lugar del parque.

1 de enero — Madrid

Si no lo escribo el día no existe caemos en un día como caemos dentro de mi diario.

2 de enero — Madrid

Cuando vuelva a Londres Annail me estará esperando *yo nunca he estado en París yo nunca voy a ir a París* la apretaré entre mis brazos y su cuerpo sonará como un acordeón pintado de azul. Tengo otro cuaderno un cuaderno azul en el que nada de lo que hay escrito lo he escrito yo.

13 de diciembre — París

Un día de tanto apretar el puño se te llenó de tinta. A Pèdé le duelen las manos cuando escribe cuando yo escribo se sienta delante apretando el puño. A Pèdé le duelen las manos cuando escribe pero un día que no quiso hablar conmigo escribió en su cuaderno *hoy he pintado la farola de azul a esto llamamos destino a estar enfrente y nada más hoy el peso de una gran melancolía un burro al que también he pintado de azul.* Sobre la mesa de la cocina deja unos anacardos pintados de azul para que cuando el caballo de madera llegue tenga algo que comer. Un mensaje de Pèdé en la mesa de la cocina escrito con anacardos *a nosotros los más fugaces.* Tú al chico le das la vuelta y lo obligas a mirar hacia atrás. Sobre tu cama dos espejos solitarios.

13 de diciembre — París

Aprietas las letras. No puedes seguir. Te cojo de la muñeca y antes de que las paredes cambien de color nos metemos debajo de tu cama, abres el puño y no está negro está azul.

4 de enero — Madrid

Solo escribiré lo que me ocurra. No entiendo cómo me he resistido a escribir sobre ti. Somos otro cuando nos volcamos sobre lo que hemos escrito. De repente tengo la sensación de que este cuaderno no acabará nunca.

13 de diciembre — París

Estoy cansado, el día se hace largo. Si le hablo tose, si escribo tose. Solo hay anacardos y rotuladores azules sobre la mesa. Sigue apretando. Se sube a los autobuses y camina hacia el parque con el puño metido en su abrigo. Cuando he llegado fingías leer sentado en el suelo un ratón miraba los rotuladores azules. Sigues apretando, quieres que deje de escribir. Te has dibujado una estrella en la frente. Te he puesto un pañuelo alrededor del cuello para que mientras duermes no se te llene de plumas.

5 de enero — Madrid

Cuando nos veamos hoy llevaré este diario metido en el bolso quiero verte con el riesgo de perder lo que he escrito. La escritura más inmediata la tinta la tinta. No puedo escribir tu nombre sin escribir el mío. Me encanta escribir estupideces que son ciertas.

6 de enero — Madrid

Vengo al parque para dar cigarros a los chicos que me los piden. Estoy en el parque de los enamorados del frío, están, no los veo. Me inclino sobre esta página sin acertar a escribir lo que quiero y escribo lo que pasa alrededor no sé escribir lo que quiero escribir.

8 de enero — Madrid

Yo me iré de esta ciudad tú saldrás por los parques y otros te pedirán cigarros.

13 de diciembre — París

Ahora toses más fuerte. No dejas de preguntarme qué pasaría si los pájaros fuesen al parque y has vaciado una caja de cereales pero ningún pájaro va a comerse cereales pintados de azul, van a morder las tapas de los rotuladores tiradas en tu habitación. Todavía me quedan cosas por escribir sobre ti.

9 de enero — Madrid

Nos vimos en el café azul, o podría escribir, nos vimos en el café de azulejos azules. Rodeado de gente mi pluma se vuelve paloma, cuchillo, flor. Escribiré sobre nuestra cita en el café azul donde la camarera te amenazó de muerte y yo cogí un sobre de azúcar para los gorriones. El café azul que es el café de un cine donde solo ponen películas que todos han visto ya.

10 de enero — Londres

Lo primero que he hecho al llegar a casa ha sido sacar un colchón a la calle. Llueve. Esta ciudad es una alcantarilla. Aquí viven peces gordísimos luchando por no ahogarse en las calles y en los autobuses. En esta ciudad no funciona nada, no funcionan las puertas, las ventanas, no funcionan las duchas, las cafeteras, no funciona nada porque por todos lados se mete el frío. No funcionan las persianas. Solo funcionan las esquinas cuando vuelvo a esta ciudad la cabeza se me llena de esquinas.

11 de enero — Londres

Esta ciudad es un agujero del que solo un flautista sabe salir. Despertamos en habitaciones idénticas a las nuestras que no son las nuestras. No escogeré un día para escribir sobre ti porque tú no vivirás en este cuaderno. Tengo miedo de que mi cabeza se llene otra vez de esquinas.

12 de enero — Londres

Un ratón vuelve un hueco una madriguera un diario es un hueco en un cuaderno un diario es una madriguera en un cuaderno.

13 de diciembre — París

Aún tengo que escribir sobre lo que vi en tu cuaderno. Pèdé, permanente testigo de lo que no ocurre. Pèdé, quien colecciona lo que da por perdido. Has pintado la harina de azul. Has pintado el horno de azul. Has pasado un buen rato mirando el rotulador con un ojo cerrado. Te has untado betún azul en los zapatos y has salido dejando la puerta rota abierta. Hasta la rosaleda recorres un camino no mayor que esta línea. En otra ciudad la puerta de mi casa es celeste y la puerta de mi habitación se cae. Tu cuaderno celeste con una estrella azul en la cubierta, anotabas lo que dabas por perdido. Pèdé, escrito para no ser leído escrito para ser escrito *a qué extremo debemos llegar para amarnos caídos del amor*. Escribía en la mesa de la cocina. En la escritura de Pèdé las letras nunca se tocan la carrera de quien habla con una flauta en la boca, escribía con hipo cada letra en su cuadrado no iba a juntar las letras no iba a fingir que las palabras se dan la mano, a cada letra un cuadradito de líneas azules.

13 de enero — Londres

Voy a ver a los chicos como quien se va de viaje.

14 de enero — Londres

A fuerza de escribir sobre este diario ha dejado de ser un diario y ya no sé lo que es. Acabo de empezar un libro y las primeras páginas me han sacudido. Los espejos son de papel. No creo tener el valor para escribir así. Prefiero no pensar en mi infancia y recordar a un niño que reía. Prefiero no recordar los recreos hablando conmigo mismo una hora diaria partida en dos cinco días a la semana. En un patio hablando en voz alta con niños imaginarios. El alivio cuando me castigaban y me sentaba en las escaleras. Otro recuerdo es el día de la última letra. Nuestra maestra nos enseñaba el alfabeto, una letra cada día, dibujaba con una tiza blanca cualquier cosa que empezase con la letra del día. Solo recuerdo una: la cebra con la zeta. Le pregunté a mi maestra cuál era la letra de ese día y me contestó que no habría letra que el alfabeto se había acabado las letras sonaron la campanilla del recreo. Las letras estaban solas en las páginas de mi cuaderno. Treinta minutos era lo que tardaba en acabarse el recreo veintisiete días tardaron las letras y juntos nos sentamos a esperar en el pasillo de la palestra.

13 de diciembre — París

Tú te arrancabas los dientes con las puertas. Todavía toses.

13 de diciembre — París

El cuadernito celeste con una estrella azul en la cubierta. Estoy escribiendo sobre tu nombre para volver al punto en el que empezaste. Tu puño lo no escrito por tu mano fracturada. Estas páginas en blanco son una casita en París para el cerdito perdido. Si no hubiese un caballito de madera en la cocina para hacerme compañía esto sería imposible. He metido en un tarro las plumas que toses. En la mesa el tarro tu puño. Igual que esta casa este cuaderno no tiene felpudo sobre la moqueta azul de tu cuarto está la tierra dc la rosaleda. Me gustaría poder ayudarte, das vueltas por la habitación con alas cada vez más grandes, pero aunque abra la ventana no podré abrir la página aunque abra la ventana no se hará de noche. Toses palomas. Los culpas a ellos con el aleteo de tus brazos pero en el parque eras el único que miraba las copas de los árboles. Vas a llenar la ciudad de palomas.

17 de enero — Londres

La claustrofobia de que lo que hay escrito en este cuaderno es una estupidez, igual que lo que estoy escribiendo ahora. Estoy convencido de que hay otra manera de escribirlo, que en otro cuaderno estas palabras están reformuladas tan bien que la página sigue blanca, no como este diario que es el lengüetazo de un burro. El último libro que he leído forma parte de esa categoría imposible de los libros que nunca pensé que existiesen. Cuando era adolescente no sé qué habría hecho por leer libros como ese. Hay otra manera más acertada de escribir esto, no importa mis palabras son afectadas no busco solidez con lo que digo construyo casas de papel. No llegar a escribir lo que buscamos, no pararnos en el felpudo y llenar las páginas con el barro del parque. Es quizás por escribir cosas como estas por lo que te has convertido en una paloma. En las copas de los árboles con otros chicos que se convirtieron en pájaros. Buscar a un chico del color del asfalto que busca una paloma del color del cielo.

18 de enero — Londres

Escribo sobre una página y nunca doy en el blanco. No he escrito sobre ti porque tengo miedo de que si lo hago tú dejes de escribirme. Las relaciones son una constante negociación de palabras y temo que al escribir sobre ti tú lo sepas y no quieras seguir escribiéndome. De pequeño mi hermano podía obtener lo que quisiese de mí con tres palabras *no te hablo*, con cuatro sílabas mi hermano reinó sobre mi infancia.

19 de enero — Londres

La tinta brilla como si se hubiese caído el cielo sobre el papel. Lo que escribo es tan frágil que si lo escribiese con la otra mano se rompería y el cuaderno se volvería el hueco de mi casa donde vive el ratón.

13 de diciembre — París

Temo que si no te escribo dejes de existir. Temo que este día se acabe. De pequeño te mordías la lengua. Has salido de debajo de la cama, te has sentado delante de mí. Con una sonrisa me has enseñado los dientes y te has reído hasta que has empezado a toser otra vez. Te has pintado los dientes de azul.

20 de enero — Londres

El frío me entumece los dedos y escribir no calienta las manos escribo lo mismo una y otra vez. No me importa repetirme lo que escribo responde a las exigencias del picor.

Quizás robándolo todo, igual que robé el cuaderno, la pluma, la tinta, la mesa y el jersey blanco con el que escribo, quizás solo sepa escribir robando a los demás y contemplando cómo otros dedican su escritura a mi causa narcisista. El frío hace que echen sal en el andén del metro.

22 de enero — Londres

Hoy en el cementerio he leído a R. algunas páginas de este diario. Ha venido a pasar unos días conmigo. Hemos paseado sin pensar en el frío que hace y hemos bebido café.

24 de enero — Londres

Cuando vengas a verme no escribiré. Hablo demasiado, hoy he salido con el propósito de no decir ni una sola palabra pero me olvidaba de que la puerta de mi habitación está rota y las palabras han salido detrás de mí. He empezado a escribir este diario en otro cuaderno de momento lo copio.

13 de diciembre — París

La ventana no está abierta. Te escribo sabiendo que no me vas a responder. Da igual que deje en la ventana una bolsa llena de migas, no vendrás, da igual que deje en la ventana los rotuladores azules. Temo haber sido yo quien te haya echado y no poder seguir escribiendo sobre ti. Tengo miedo de que el día se haya acabado y no me haya dado cuenta. El chico de la rue Blanche de él sí me di cuenta.

25 de enero — Londres

Hoy he soñado que se me rompía la tinta, el plumín partido como un ala, el cuaderno intentó echarse a volar y caía sobre la mesa. Al chico de la rue Blanche no lo soñé.

26 de enero — Londres

Aun cuando no quiero estoy escribiendo. El hueco vacío de la puerta en el marco el hueco vacío de este cuaderno sobre la mesa aunque no queramos vemos una puerta que falta aunque no queramos escribimos. Cuando acabe este cuaderno me libraré de él y podré ser otro en otro diario. Lo más probable es que no lo más probable es que de este cuaderno a otro arrastre la tinta y llegue sentado al revés sobre un caballito de madera. Me empieza a obsesionar cómo será el momento en el que deje de escribir. Cuando vuelva a ver al chico de la rue Blanche.

27 de enero — Londres

Me preocupa que sin quererlo haya podido acabar con él, el día no se ha acabado y París sigue existiendo, tengo que volver a salir para que me cuenten más cosas sobre ti. El día que tendría que haber dejado de escribir este diario fue el día en el que en la rue Blanche vi al chico más solitario de París, cuántas veces tendré que escribirlo para que deje de parecerme mentira.

28 de enero — Londres

Una vez adherida a la página no puedo borrar la tinta sin romper el papel. Cuando lo intento mi uña rompe el papel. Escribo aunque no haya dirección ni destino más que el papel aunque queramos llegar a otro lugar nos quedamos en una calle blanca persiguiendo a un chico. Me ocurren cosas de mentira que no soy capaz de escribir. Cómo escribir que al llegar a Londres encontré bajo mi puerta el libro que me resistí a comprar en París o que camino de un cementerio encontré en la calle al chico más solitario de París y pasado un mes descubrí que fue en la calle Blanca. No encuentro la forma de escribir lo que me ocurre. Qué dice de mí el barro de mis pantalones. Nunca tacho tanto como cuando escribo sobre escribir.

29 de enero — Londres

He empezado a leer un libro que tendré que adornar como la lápida de un necrófilo. Me he despertado rascándome la mano derecha la mano con la que escribo. Ojalá fuese zurdo para ir emborronando con la mano lo que escribo, la misma mano que escribe descorrería la tinta. Sobre el papel la misma mancha que en mi mano. Se escribe distinto cuando se está por acabar un cuaderno, un cuaderno por convertirse diario. Los diarios adquieren un tono y un estilo muy difícil de abandonar. Hoy en la biblioteca una compañera ha olvidado un cuadernito gris el cual no he dudado en leer. En él escribía sobre la ropa que llevaba la última vez que se acostó con un chico y desde su blusa enhebraba la crónica de su abandono. No creo que se lo devuelva, no hay expresado en ningún lugar del cuaderno el deseo de ser devuelto en caso de pérdida. No creo que se lo devuelva. Prefiero pensar que es un regalo su manera de empezar una amistad.

13 de diciembre — París

Sigo en tu casa pero hace tiempo que no escribo sobre ti. Me has dejado sentado en la cocina con la ventana abierta espero la caída de la tarde que no llega o no veo. He puesto sobre la mesa el tarro de anacardos pintados de azul tu puño en la mesa. Antes de irte pintaste de azul el marco de la ventana.

31 de enero — Londres

Volveré a casa abriré la puerta rota de mi habitación y me encontraré con un chico debajo de mi mesa *¡esta mesa no es un tiovivo!* Detesto escribir cosas así y seguir escribiendo, soy incapaz de tener una opinión propia sobre lo que escribo quisiera abrir la puerta rota y meterme en una elipsis. Un caballito de madera vuelve a dar cabezazos contra mi puerta rota puedo convivir con ellos sé que los acabaré arrastrando al hueco de este cuaderno. Da igual cómo escribo porque no es una decisión. Escribo metáforas que me persiguen de una ciudad a otra escogen qué ropa ponerse y me esperan en la parada del autobús. Este cuaderno ha adquirido este tono patético porque podría acabarse en cualquier momento no quiero por lo tanto escribir más. Decepcionará, sin duda, mi pluma no acierta.

11 de febrero — Londres

Hoy los chicos en el cementerio se mueven distinto porque llegas tú. Los chicos en el cementerio son títeres de ángeles. Cuando estemos juntos no voy a escribir por eso voy a escribir esos días antes de que llegues. Los chicos sobre los que escribo son mi guardia crepuscular. Aunque quisiera no sería capaz de recordarlos, no puedo imaginar sus caras, mi mirada no distingue entre ellos.

1 de febrero — Londres

No es necesario razonar sobre la soledad, mientras una ventana siga abierta un chico montará sobre un tiovivo en Amberes.

2 de febrero — Londres

Mi pluma chorrea tinta para acabarse a la vez que las páginas de este diario.

13 de diciembre — París

Adiós. No tardes. —No te vas a morir de pena ¿no? vuelvo antes de que oscurezca.

3 de febrero — Londres

Estoy tumbado sobre mi cama hoy los narcisos han empezado a abrirse y los zorros a follar en la calle. Pronto el cementerio estará amarillo. Cuando salga mañana no llevaré conmigo este cuaderno. Cuántas vueltas da un chico montado sobre un tiovivo en Amberes.

4 de febrero — Londres

He subido a mi habitación sin pararme en el felpudo el suelo de mi cuarto se ha llenado de barro. He vuelto a mi habitación para encontrar mi pluma, al entrar no estaba sobre la mesa ni sobre la cama. Mi madre me contó que en un parque de Londres se le apareció un fantasma no me creería si le dijese cuántos he visto esta tarde. Hay un hombre que camina como un ángel. Bajo un cielo gris han empezado a abrirse los narcisos, en una semana cuando vengas iremos juntos y saldremos con nuestros penes igual de felices que las flores, llevaremos a casa un ramo amarillo. Si tuviese que perder mi pluma solo la perdería aquí, caída entre ellos. Si tan solo pudiese escribir un libro para los hombres del cementerio. Escribo sin quitarme las botas.

12 de febrero — Londres

Ha pasado una semana has llegado y hemos ido al cementerio a coger narcisos. Quisiera reunir en un ramo a estos chicos.

5 de febrero — Londres

¿Qué tienen en común un chico sobre un tiovivo en Amberes y este diario? ¿Cuántas vueltas en un tiovivo puedo dar si pierdo este cuaderno? He bajado dos veces al cementerio. Por la mañana las tumbas tenían sobre ellas un libro, por la tarde un ángel me ha preguntado cuándo volvería. Cuando hemos salido han venido niños a coger flores salpicadas de semen.

6 de febrero — Londres

Cómo voy a escribir como quiero con las manos en este estado. Escribo por reducir las páginas blancas. Cogeré el tren iré a París y escribiré con rotuladores sobre las aceras de la calle Blanca. En Amberes un chico da vueltas en un tiovivo.

8 de febrero — Londres

Perdemos el final. Este diario es ridículo porque hace mucho que dejó de ser un diario. Este diario llega hasta la calle Blanca y la baja y la sube. Una escritura consciente del riesgo de quedarse atrapada en su propio narcisismo. Un diario que se escribe sobre sí mismo porque encuentra otra calle blanca. Empiezo a escribir y cuando estoy escribiendo algo que no me parece estúpido lo que quiero escribir se esconde se mete en una elipsis y me quedo escribiendo cosas que no quería escribir. Hablo de mis manos y del frío.

9 de febrero — Londres

Cogeré el tren iré a Amberes y escucharé lo que un chico montado en un tiovivo tiene que decirme. Dejaré este diario dando vueltas. Pido perdón por escribir así, sin duda este libro decepcionará. He escrito demasiado. Escribiendo camino hacia el cementerio. Iré entre las lápidas y los narcisos igual que el otro día. Supe que hasta las flores son negras de noche. Mi mano notó un palpitar de alas y no podía creerlo. Me preguntó si volvería. Al despedirnos su rostro siguió estando igual de triste y la sombra que cubrió el cementerio era la sombra de mi soledad ya he escrito que es inútil escribir sobre la soledad. Fuera de este parque cruzo calles en las que los hombres están fatigados. En Amberes un chico duerme envuelto en una manta bajo el toldo del tiovivo, sueña con ir a Génova donde conoce a chicos que fuman flores, quién me persigue en el tiovivo.

10 de febrero — Londres

He bajado al cementerio pero los narcisos no han florecido, en el bolsillo la pluma y las tijeras. No me gustan los chicos limpios, esos niñatos, la higiene nunca será compatible con la pasión. Se higienizan para acabar con la peste de su soledad sin darse cuenta de que se pega a la piel. Por muchas cremas y perfumes que se pongan huelen igual. Me los encuentro por la mañana, se ponen sus ropitas limpias y con mirada altiva se suben al autobús, yo arrastro en mis pantalones el barro de la rosaleda y me estremezco al ver las ruedas del autobús. Hoy he bajado al cementerio con la intención de adornar mi cuarto para cuando vengas pero los narcisos se resisten a florecer.

11 de febrero — Londres

Hoy llegas, no iba a escribir. Dejo este día blanco. Un edredón ha cubierto la ciudad cogeré una escalera y escribiré con mi pluma. He leído un libro cuyas páginas son las indicaciones para encontrar ángeles.

15 de febrero — Londres

Has tenido que marcharte para que pueda escribir sobre ti pero en mi habitación tu fantasma sigue junto a mí y no puedo escribir. Cuando te has marchado esta mañana no me he vuelto a dormir, me he quedado tumbado bajo la luz de una farola. El día no se decide a empezar y siento que será uno de esos días en los que escribiré muchísimo. Te has marchado cuando no acababa la noche ni empezaba el día, un agujero en la noche azul, hoy es uno de esos días en los que me siento como un intruso en mi habitación, al marcharte me has dejado inestable en el equilibrio de esta ciudad y esta no es mi habitación sino una habitación igual a la mía en la que los libros me rodean.

16 de febrero — Londres

Te has marchado y no sé cómo me siento, es una situación extraña en la que la mejor opción parece ser un equilibrio aséptico, pero prefiero pensar que no, que ese equilibrio es falso que está lleno de pasión, de la pasión de no entender lo ocurrido, las cosas que nos decimos se agarran de un modo extraño, este es uno de esos hermosos momentos en los que siento que este cuaderno es un diario.

17 de febrero — Londres

Nuestra relación podría decirse como que tú sales a perderte y yo salgo a buscarte. Estamos en ciudades distintas. Me asomo a los nidos de los pájaros. Podría escribir cosas más tristes que estas, podría escribir que tú has venido a hacer más grande la soledad, pero tú has venido con otra nostalgia y hace mucho escribí lo que es escribir sobre la soledad. Camino cojo por Londres uno de mis pies ya se ha hartado de esta ciudad, hay una parte de mí que sabe que será capaz, otra que seguirá escribiendo este cuaderno, voy cojo por Londres, escribo cojo, escribo arrastrando una parte de lo que quiero decir, mañana hará una semana que llegaste, bajaré al cementerio y cogeré un ramo de narcisos arrastrando un pie.

18 de febrero — Londres

Cómo de estúpido es escribir que estaba solo en el cementerio. Ha pasado una semana desde que llegaste y los narcisos siguen sin florecer. Iré al cementerio y si el miércoles no han florecido arrancaré los tallos. Te olvidaste una postal que me has pedido que te mande, no dejo de pensar en la carta que te enviaré con la postal. En esa carta quiero escribirte sobre las flores que tengo en mi mesa, querría escribirte sobre el recuerdo de los dos besándonos en la sala verde del museo, querría poder decirte lo que te quiero decir sin decírtelo, enviarte los cordones de mi pie cojo y contarte cómo está el cielo mientras escribo.

19 de febrero — Londres

He venido al parque en la hora rosa antes de la hora azul y antes de la hora negra. Al parque al que quise traerte, al que desde hace años vengo a buscarlos, pensé que viniendo contigo los encontraría o que tú y yo nos convertiríamos en ellos solo por estar en el parque a la vez. Por aquí es como caminar sobre mi cuaderno, alerta ante cualquier ruido los pájaros los pájaros. Pero no veo a nadie y la hora rosa da paso a la hora azul mientras escribo con prisa, mi pluma no responde. Esto solo lo puedo escribir aquí las líneas no son rectas el autobús atropellaría las frases escritas sobre los pasos de cebra. No miro el papel oigo pasos se acerca con un gorro blanco los zorros bajan de los árboles lo tengo delante la pluma no responde un narciso arrancado. La hora azul es la peligrosa porque los ojos no se hacen a la oscuridad con la hora negra los ojos de los pájaros.

20 de febrero — Londres

Hoy el cielo ha amortajado la ciudad. Da igual donde mire en la calle llevan su sudario echado encima. Después de hablar con mi hermano tengo ganas de escribir las peores palabras contra mí, hay cierta paz en saber que somos nosotros quienes podemos decir las peores cosas contra nosotros mismos. Antes dejaba pasar los días sin escribir sobre ellos.

23 de febrero — Londres

No he escrito estos días porque no he parado de leer mis diarios, una vez releídos ya no sirven para nada. A veces mi habitación se vuelve tan pequeña que es imposible escapar del único espejo.

26 de febrero — Londres

He tenido que ir con Mateo al parque para encontrarlos. De camino al castillo de la pérgola me dijo que un día irá al cementerio. *Mira, una verja* la verja del castillo de la pérgola. Los chicos que hemos venido a buscar quedan bajo el muro del castillo. El castillo es el esqueleto de un rosal. Mateo se asustó *tú puedes quedarte aquí y yo me voy al castillo* lo agarré de la mano *pero si los príncipes están aquí*. Un hombre vino dos veces a hablarnos, la primera dijo *no sé por qué os estoy guiando si yo no conozco este sitio*, la segunda vez no nos dimos un beso y nos dijo *si sois vosotros quienes habéis empezado*. Ahora sé dónde encontrarlos, me gustaría escribir mejor sobre ellos, pero mejor no escribir demasiado, o quizás yo no puedo escribir como me gustaría, aun así, esta escritura hace parte de su historia.

28 de febrero — Londres

Este cuaderno tendría que acabar con un chico montado sobre un tiovivo pintado de azul. Le faltaría el dedo gordo de la mano derecha, el ratón se habría confundido, el chico sobre el tiovivo es zurdo seguirá escribiendo.

29 de febrero — Londres

Hace dos días que llegó H. a Londres, verlo después de tanto tiempo y tenerlo en casa me llena de alegría. Este cuaderno se ha caído detrás de la nevera. H. me ha dicho que no sea ingenuo, que a estas alturas vivo con una familia de ratones, he abierto su maleta y he encontrado una flauta. Este cuaderno da vueltas sobre un tiovivo.

2 de marzo — Londres

Hoy H. tendría que haberse marchado, pero no ha llegado al aeropuerto porque un hombre ha saltado a las vías, H. tendría que haberse marchado pero ahora está en el metro porque un hombre ha saltado a las vías.

3 de marzo — Londres

Entre vosotros agarro mi pluma como un cuchillo. Tengo las manos manchadas. Escribiendo paso las estaciones. Podría dejaros ciegos con mi pluma. Esta tarde estaba hablando con M. y he querido hablarle sobre el pensamiento que me persigue hasta este diario. No consigo escribir nada, me aterra que después de haber releído mis diarios me haya quedado sin nada que decir. Quizás tendría que ir a París y sentarme en la calle Blanca o quizás sea mi pluma quien quiere que deje de escribir para transformarse en paloma o cuchillo.

4 de marzo — Londres

He bajado al cementerio, una mujer me ha dicho *no están ahí para que tú las cojas*, hoy en el cementerio un hombre me ha dicho *qué flores más bonitas llevas*. Hace dos semanas que te marchaste y sigo adornando mi habitación. Después de la muerte de mi abuelo, mi abuela lavó la ropa de su marido y doblada la guardó en el armario, antes la tendió para no tener que plancharla. A la semana volvimos a casa de mi abuela y nada hacía pensar que alguien hubiese muerto hacía poco, nada salvo que ahora mi abuela dormía en el cuarto que había sido de sus hijas, somos niños frente a la muerte.

5 de marzo — Londres

He bajado al cementerio. Hacía demasiado frío como para coger flores. En momentos como estos, mientras el ratón de mi casa me espía, me gustaría escribir una carta que poder mandarte. No paro de escribir un diario que a nadie le importa pero no soy capaz de sentarme y escribirte una carta. Pensé que si cubría mi mesa con narcisos mi mesa se convertiría en la mesa sobre la que escribirte una carta. Quiero decirte que es imposible escribirte. Pasa una hora desde que escribo esto y me entran ganas de clavarme la pluma en la mano, a nadie, no, nunca, debajo de la mesa Annail agarrándome de los pies. Las palabras no se suben en aviones y no cruzan ciudades. Con cuanta más libertad escribo más fuerte me arrepiento. Las ganas de disculparme. No hay nada peor que tener que dormir esperando una respuesta me arropo con un edredón blanco. No hay nada más cruel que deber una respuesta a alguien e irte a dormir. Me despierto mucho antes que tú y tú duermes con tu respuesta. Hasta que no me escribas no va a amanecer y cuando me escribas se hará enseguida de noche, esto no es literatura en esta ciudad anochece prontísimo.

6 de marzo — Londres

Lo peor de encontrarte triste es que te mientes e intentas volver a creerte las cosas que te calman y te escribo con las letras muy juntitas, escribo palabras que se abrazan y las arropo dentro de un sobre. Mi cuarto está lleno de libros. Mi cuarto con las palabras:

qué pasa con la verde alameda pasa que no es verde y que no hay alameda. No van a sacarme de mi diario, no van a llegar a tu casa.

7 de marzo — Londres

Cuando escribo este diario es cuando tengo la mayor sensación de estar escribiendo ficción esta escritura es un pacto con la desilusión.

8 de marzo — Londres

Tenía que pasar. Hoy el cielo sobre la ciudad. Me he despertado y la calle está blanca. Cada vez que un chico coge un tren a París nieva en Londres, Mateo se ha ido a hablar con fantasmas.

9 de marzo — Londres

Ha amanecido pero yo no apago la lámpara. Ayer se cayó una página sobre la ciudad. El día me lo ha enviado. Hay un ángel en el autobús. Un chico que se ha ido rápido. Quieto me sentía escribiendo. Apretar el puño. Una escritura quieta. El límite de la escritura es un chico así en el autobús. Dos páginas blancas. Pensamiento de escritura disuadida. A veces dudo de que yo besase a un ángel. Eres una soledad sin razón escribo por defecto.

10 de marzo — Londres

Viniste del frío con olor a quitaesmalte en los dedos, atravesaste la puerta rota y no miraste las flores sobre la mesa. Nos dimos el calor de una estufa eléctrica. Sin amigos, sin idioma, saliste al frío. Que no pueda escribir sobre ti es parte del trato. Expulsamos la nieve y te vuelves al frío.

12 de marzo — Londres

Hoy Mateo ha vuelto de París no ha hablado con fantasmas pero lleva un abrigo azul.

13 de marzo — Londres

El viento golpea la ciudad pero el cielo no se mueve. Digo que el cielo se ha caído para no tener que levantarme de la cama. Delante de mí hay sentado un chico que sé que tiene novio. Los veo comer juntos y reír la verdad es que nunca los veo reír. Me siento diminuto. A la vez me asquea. Voy con el pelo revuelto y sarpullidos él tiene el pelo peinado de esa manera que parece que no lo está pero lo está una ropita monísima y su cara brilla. Nunca me he encontrado con chicos así en cementerios ni en rosaledas. Los chicos que vamos a las rosaledas somos los que por la mañana miramos por la ventana y vemos que el cielo se ha caído la ciudad se ha vuelto un cementerio. Antes de que deje el autobús voy a pegarle con este diario en la frente qué bien empieza el lunes.

16 de marzo — Londres

Hoy he visto caerse la puerta de mi habitación, solo cuando estaba en el suelo he pensado que es blanca. En esta ciudad me paso el día tirándome pedos, me divierte estar leyendo en el autobús y parecer un chico interesante que lee para luego espantar a la señora que quiso sentarse a mi lado.

17 de marzo — Londres

En esta ciudad el cielo es un fantasma, amanece pero nadie apaga sus lámparas. Hoy iré al cementerio a por flores, mañana me marcho. Mi mesa está llena de narcisos.

18 de marzo — Londres

Hoy me marcho. La maleta llena de libros mi tripa llena de café y calmantes para los picores. En esta ciudad el cielo sigue siendo esta cosa horrible. En cuanto ha dejado de llover he bajado al cementerio para llenarme de barro antes de irme. De una ciudad a otra voy a cubrir la distancia con barro. Dos chicos se cruzan, uno de ellos echa para atrás la cabeza y se pone a silbar imitando el canto de los pájaros, el otro sonríe para enjaularlos.

19 de marzo — Madrid

He llenado mi cuarto con el barro del cementerio.

20 de marzo — Madrid

Vuelvo y me doy cuenta de lo diferente que sería este diario bajo este cielo pintado de azul. Si viviese en esta ciudad no tendría que escribir casi ni que leer.

21 de marzo — Madrid

Quiero escribir sobre nuestro reencuentro en la cuesta donde venden libros ya leídos. Más tarde, después de estar tumbados cerca de la rosaleda, en tu habitación, antes de pedirte que me pisaras te dije *oscurece mi noche* y cubriste mi boca con flores oscuras.

23 de marzo — Madrid
Las rosaledas son horribles de día.

24 de marzo — Nápoles
Nada más salir de la estación he visto a una niña dibujando una estrella en el suelo y a un hombre tocando una guitarra azul. Después de comer hemos entrado en la iglesia de San Gaetano. En mitad del viacrucis. Cinco señoras y dos hombres. El chico que acompañaba al cura iba de blanco hasta el suelo. He esperado con él hasta verlo caerse y cantar cinco veces. Antes de salir he visto sobre el facistol un diario mucho más hermoso que este. *24/03/23 protege Stella y asístela en su enfermedad crónica autoinmune. Los médicos no han encontrado la causa exacta para mantener su déficit. Ayúdame también a mí en el estarle cerca. Gracias, Cris. 24/03/23 mi estado de ánimo es, como usted sabe, ¡claro...! ¡De verdad que no sé qué hacer...! Os pido ayuda y protección... libertad... gracias, siempre W la*

Virgen María. 24/03/23 protege siempre nuestra familia. 23/03/23 ¡GRACIAS! 23/03/23 Gracias por la noticia estupenda de hoy. Mi primer pensamiento ha sido cómo meterme el libro en el bolso. El segundo, cambiar los diarios yo ya me he hartado de este. El tercero, escribir. Al salir de la iglesia hemos tomado un café. Nápoles está adornado con altares a mártires y futbolistas, un eclecticismo clandestino de vecinas que comparten santo. Lucecitas a la Virgen, rosas a san Antonio, las ancianas quieren estar enamoradas y se clavan agujas oxidadas. Después de cenar acompaño a mamá a la pensión y salgo. Subo hacia la plaza. Por las calles brillan las aureolas fluorescentes de los ángeles. La plaza a la que los chicos van o iban, depende de a quién preguntes. Bebo una cerveza apoyado contra unas ruinas cubiertas por latas y botellines. Han escrito sus nombres con chustas. Se han encargado de convertir su pasado en un basurero.

25 de marzo — Nápoles

Hay un montón de virgencitas blancas que por la noche brillan. Hoy he ido al mismo sitio donde hace cinco años vi a un ángel. He reconocido las pintadas sobre las paredes. Las catacumbas están llenas de palomas, van a las catacumbas a ovar y los huevos se abren el día que resucita el santo. Sigo pensando en el diario de San Gaetano, podría volver y dejar ahí este. Después de haber recorrido esta ciudad puedo escribir que en Nápoles los chicos son gatos y las palomas más oscuras.

26 de marzo — Nápoles

Esperando el tren de vuelta de Pompeya he empezado a hablar con un chico que estudiaba italiano en el andén. Me ha mirado de arriba abajo y me ha sonreído al sentarme a su lado. Mi libro me ha delatado. Nos hemos subido al tren y nos hemos sentado juntos. Escribiré a Mathieu sobre este chico que estudiaba italiano en el andén aunque solo esté aquí tres días. Me ha dicho que no entiende por qué han construido la ciudad de espaldas al mar le he contestado que las despedidas son tristes. Antes de bajarme me ha preguntado si el mismo tren lo llevaba a la cima de una montaña, le he sonreído y le he dicho que sí, que llegará a la cima de las nubes con ese tren. Un gato al salir de la estación. Si tan solo pudiese escribir un libro que delate al chico que lo lea.

27 de marzo — Nápoles

Subiendo a Pio della Misericordia un chico con dos hogazas de pan y el pelo oscuro. En Nápoles los chicos tienen las alas negras. Los cuadros de la Misericordia están custodiados por tres príncipes blandos. Salgo y entra un grupo de adolescentes. De camino a la estación una niña con carmín en los labios. En el aeropuerto, para despedirse, ha aparecido el chico de ayer, *busco un enchufe* y se ha ido a coger su avión de vuelta a París.

29 de marzo — Madrid o La historia de D.

Me parece mentira que aún no haya escrito sobre D., el chico que vive en mi casa días alternos. D. es un chico que nunca metió a su pajarito en una jaula. El pajarito con el que vivía volaba por su casa. Cuando D. no estaba en casa el pajarito salía y sobrevolaba las peluquerías y los salones de uñas. Volvía a casa con el arcoíris sobre las plumas, brillaba como una figurita de bronce en la estantería.

Cuando D. llegaba del trabajo la casa se convertía en una orquesta. Cuando era adolescente D. volvía a su casa cruzando un puente poblado por chicos que apedreaban farolas. Se prometía que volaría lejos. Cuando creció no le salieron alas pero en un parque se hizo amigo de un pájaro solitario que lo siguió hasta su casa. A D. el pajarito se le murió una noche entre las manos, yo estaba lejos pero los pájaros del cementerio se vistieron de negro. Lo envolvió en sus alas y lo lanzó desde el puente. No lo escuchó caer pero esa noche un chico le pidió fuego. Dejaron el puente juntos. Pasaron sus brazos por sus espaldas y D. no pudo creerlo. Esta historia no me la contó D., sino mi hermano un día que él no estaba en casa. Ahora D. se sube a escenarios envuelto en boas y con el ojo pintado de negro. Con sus zapatos casi vuela. Salta y le ves un brillo en la comisura de los labios se sube a las farolas y canta.

13 de diciembre — París

De pronto estoy solo porque el cielo es azul. Creo que es de noche.

30 de marzo — Madrid

Quizás te vendría bien estar con un chico de tu edad. Esto me lo dijiste hace tiempo y en otra ciudad pero desde que me lo dijiste llevo una estrella en la frente. Entre tú y yo hubo doscientas veintiocho noches sin luna, yo nací de madrugada a esa hora en que es de día y las farolas siguen encendidas, tú naciste en un cuarto menguante. La cosa más triste me la dijiste sobre mi cama durante los días en que me prometí no escribir. Los días que fuimos juntos al cementerio antes de los narcisos y nos besamos en la sala verde del museo. Tendría que empezar a acabar las historias que empiezo y no escribir solo para llenar cuadernos no era esto lo que quería escribir hoy. Quería escribir que diez y nueve años no nos separan. Sobre la mesa pondré un jarrón con diez y nueve narcisos y aun así podrás ver la estrella en mi frente. Decir esto es difícil y quisiera hacerlo con las palabras que tú usabas a mis años, soy el pretexto para escribir sobre ti. Quisiera escribir que con mis años leías los mismos libros que yo leo. Quisiera escribir tu nombre con letra minúscula, que al escribirlo partiese la pluma y todo se manchase de tinta que las páginas siguieran blancas, entre los dos diez y nueve narcisos y un cuaderno en blanco pero mi pluma es una traidora y chorrea tinta para que deje de escribir. Cuando viniste a Londres fuimos a ver la casa blanca en la que vivieron dos poetas. El más joven se encerró lejos de los pájaros para escribir la verdad de esa ciudad. A los dos meses se marcharon de Londres y uno disparó al otro. Esta ciudad cabe en una bala. Le dio en la muñeca y dejó de escribir. Nosotros nos abrazamos frente a las flores del alféizar. Era febrero no había flores. Tal vez debiera dejar de escribir sobre ti. Desaparecer de este diario. Me da miedo consumirte en este cuaderno y que me dejes de hablar. Hay por ahí un chico idéntico a ti. Diez y nueve años no nos separan.

1 de abril — Madrid

Verte las ganas de no comer nada. Verte las ganas de hartarme de café. No sé por qué me siento así al pensar que hoy nos veremos. Me asusta lo rápido que me acostumbro a no dormir solo. Miento. Debo dejar de caricaturizarme como este chico patético que se enamora de los pájaros.

2 de abril — Madrid

En nuestro segundo encuentro en el parque, a la izquierda de la estatua del ángel, *qué bonitas son las flores, claro, yo solo vengo cuando está oscuro*. Me giré y miré a un niño que daba patadas a las palomas. Cuando vamos juntos al parque, después de subir la cuesta en la que venden libros, nunca nos tumbamos por donde vamos cuando vamos solos, nunca entramos en la rosaleda. Las rosaledas son para los chicos que van solos. Cuando sales solo al parque te asomas a nidos oscuros, aunque esté en otra ciudad salgo y sigo a cualquiera que se parezca a ti. Querría escribir sobre los largos paseos que doy para buscarte, pero no llego y la pluma se me escurre, cuando escribo estas cosas escribo lo más rápido que puedo como si estuviera mal. Contigo aprendí que hasta las flores son oscuras de noche.

6 de abril — Madrid

Me pondré la camiseta de rayas para vernos hoy. Querría verte olvidándome de este diario.

7 de abril — Madrid

Por qué no escribo las cosas que me dijiste ayer. Ya no pasaremos la noche juntos y cuando volví a mi cuarto tuve que hacerme la cama. Quizás no escribí lo suficiente sobre ti como para no acabar esta historia, o quizás da igual que escriba o no sobre ti. Lo que escribo lo acabo tachando. Me limitaré a sacarte de este diario. Nunca me presentaste a nadie, no me llevaste a la cafetería donde te conocen, puedes irte y nadie te preguntará por mí. Quizás sea mejor que deje de escribir sobre ti porque las cosas que me gustaría decirte se escapan de mi pluma, necesitaría un pájaro entero. *Por qué no hacemos como si nadie hubiese dicho nada en la última media hora y nos tumbamos al sol. –Sí, vamos al sol.*

8 de abril — Madrid

No voy a escribir. Cuando uno escribe está en el borde de algo. Me queda por escribir lo que hacían los pájaros mientras hablábamos.

10 de abril — Madrid

Mañana me marcho de esta ciudad. Podría escribir que eres la razón para huir de esta ciudad con un cielo demasiado azul. Mañana iré al cementerio. ¿Cómo estarán los narcisos que dejé sobre la mesa?

11 de abril — Madrid

Hoy me voy y el cielo está todavía más azul.

12 de abril — Londres

Los narcisos se han secado. Me parece mentira que durmiésemos juntos entre estas cuatro paredes desgastadas. Esta mañana he salido de casa con el diario en el bolso. La ciudad me odia, aun así, yo voy a seguir escribiendo.

13 de abril — Londres

Escribo para no escribirte. Quisiera escribirlo todo, qué hace que me contenga. Escribir esto ya me parece estúpido. Iré al café de azulejos azules. Iré a la cuesta donde solo venden libros ya leídos. Tú eres mucho más niño que yo. ¿Por qué no me dejo llevar por el deseo de escribirlo todo? Relatarlo. Enumerarlo. Llenar páginas. Qué me frena. Dejaré una página de este diario en blanco la titularé *Mi más hermoso texto* y cabrán las cosas que soy incapaz de escribir.

14 de abril — Londres

Escribo esto bajo una marquesina para no mojarme. Escribo después de fumarme un cigarro, lo cual carecería de interés si no fuese porque cuando fumo se me baja la tensión y tengo que pararme a respirar. Me encantaría fumar mientras escribo y compartir ese gesto de vano malditismo con los escritores que admiro, a los que debo este diario. Muchas veces cuando escribo, sostengo un cigarro apagado entre los labios, escribo mejor inhalando y exhalando este humo fantasma. Cuando he tirado el cigarro ha bajado una gaviota del color del cielo de esta ciudad. Un ave de puerto. Un señor me ha preguntado cuánto le quedaba al autobús, *no lo estoy esperando*, que llevaba todo el día destrozándose los pies que iba a la taberna verde.

16 de abril — Londres

He bajado al cementerio y otro chico se ha llevado los narcisos. Ha pasado a mi lado los dos hemos mirado al suelo. El cementerio es un lugar donde la comunicación permanece inconclusa. Hay muchos ruidos pero son los pájaros. Estas palabras están destinadas a lo blanco que las separa los fantasmas del cementerio. Con este diario en el bolso he cogido un narciso. Al acercarme a la tumba las flores estaban marchitas orino sobre las flores que camuflan las lápidas.

17 de abril — Londres

Los pájaros han dejado sus nidos y cubren el cementerio con un canto a la primavera que no llega. Como soy joven revolotean a mi alrededor, cantan y bailan a mi antojo. Escribo sentado en un banco, un cuervo no ha parado de seguirme hasta que de una patada ha vuelto a su rama. Veo pasar grave a un palomo cojo que me mira pidiéndome migas de pan. Una paloma con los ojos cubiertos de un brillo negro y plumas blancas que se le han empezado a caer. Pasa un petirrojo recién caído del nido que vuela con falsa arrogancia. Un ruiseñor que su pecho se hincha con canciones antiguas. Dejo de escribir me levanto para seguirlo pero cuando lo tengo delante me acerco y echa a volar. Me siento en otro banco y saco mi diario, de repente, un día, las plumas de los pájaros sirvieron para escribir.

18 de abril — Londres

En otra ciudad uno de esos libreros que venden libros ya leídos murió uno de esos días.

19 de abril — Londres

En el cementerio un chico me ha cogido la pluma pero enseguida la ha soltado. ¿Por qué nadie se atreve a escribir? Escribir hacernos vulnerables a nuestra nostalgia en el cementerio atravesado por fantasmas. No sé cómo soy capaz de contenerme y no escribirte.

20 de abril — Londres

Bajo al cementerio, mis paseos órficos. Los pájaros, a quienes dedico mi diario.

21 de abril — Londres

El chico de la parada del autobús estaba esta mañana tan limpio como siempre y llevaba el mismo pañuelito. Delante del espejo de su tocador lacado, empieza lavándose la cara con una esponja frotada en un jabón neutro, se seca a toquecitos con una toalla pequeña, humedece pequeños algodones en un tónico de hamamelia con los que tensa la piel de su frente eliminando rojeces y puntos negros. Sobre la frente y bajo los ojos desliza la jeringuilla de un traslúcido sérum antiedad. Delante del espejo bate el aire con las manos para que la piel absorba la crema hidratante de CeraVe, ve su piel anacarada. Mi amigo de la parada del autobús no es tonto, y sabe que aunque un sudario cubra esta ciudad el sol amenaza, por eso no deja su tocador sin cubrir su cara con una crema de protección solar +50. Repasa sus labios con un cacao rosado. Dos toquecitos de colonia antes de anudarse el pañuelo y se levanta de su tocador. Mi amigo repite esto cada mañana, sin saberlo, cada mañana delante de su espejo, se transforma en un tanatopractor.

22 de abril — Londres

En el cementerio pienso cosas que después no escribiré. Ya no quedan narcisos. Hay de esas flores blancas que mi madre me decía que si las hueles enloqueces. Qué quieren decir dos chicos fumando en el cementerio. Las tumbas convertidas en ceniceros. Darse o no la vuelta. Una urraca que solo quiere la sonrisa de los jóvenes. Me hablan de cuando este cementerio era un jardín al que los hombres venían a jugar con los pájaros ahora lo han podado y quedan tan pocos chicos como pájaros. El piar que se oye es en pasado. La música se quedó entre las lápidas.

24 de abril — Londres

Cuando viniste a Londres fui a buscarte a la estación. El cielo estaba igual de gris y una chica cantaba en la calle. Me dijiste que habías llegado atravesando las nubes y me pareció extraño. Hace días que no para de llover y los coches van a toda velocidad. Soy incapaz de escribirte una carta. Escribir sin cuidado sin apuro y sin afectación no es nada fácil.

26 de abril — Londres

Soy incapaz de convertirte en una elipsis. Meterte para siempre en una rosaleda.

27 de abril — Londres

Hoy por la mañana he atravesado el cementerio para coger el autobús y he visto a los podadores, mujeres y hombres envejecidos armados con tijeras enormes.

28 de abril — Londres

Desde la rosaleda a la que no fuimos, cerca de la que nos tumbábamos, me has hecho llegar tu voz, un pájaro del que he huido para alargar la espera. Los hombres han sido inventados para caminar por cementerios.

1 de mayo — Londres

Un pájaro viejo y de bajos vuelos me ha dicho que tendré que salir del cementerio con las flores bajo el brazo. No deja de seguirme para que juegue con él. No se rinde. Acabo tirándole las pocas migas que me quedan. Me gustaría decir que lo hago para que me deje en paz. Estoy sentado frente a la ventana de mi cuarto, junto a la cama, el día no se acaba, el cielo está azul, no sé qué hacer en esta ciudad el cielo nunca es azul. Pienso en ti, me doy cuenta de que eres el fantasma de un niño que ni siquiera lo es que pronto dejará de serlo.

2 de mayo — Londres

Atravieso esta ciudad tirándome unos pedos que huelen fatal, nadie me dice nada, veo cómo se giran y se tapan la nariz, nadie respira en el autobús.

3 de mayo — Londres

Hoy no he podido escribir porque he olvidado la pluma en mi cuarto. He ido a esa hora en la que solo están los pájaros. Las flores han crecido para ocultarnos tras ellas, para escondernos entre las flores blancas, esas que te vuelven loco.

4 de mayo — Londres

Venida de otro cielo ha llegado tu paloma a darme piquitos sobre una tumba. Los cuervos husmean lo que escribo, quieren hacer su nido con este diario. Solo hoy me he dado cuenta de que en la cruz, sobre la cabeza del ángel de piedra, hay una estrella.

6 de mayo — Londres o La historia de Londres contada por los niños a los camareros

Historia en tres actos

Acto I

El bar está enfrente del cementerio. En el bar trabajamos chicos cansados, una ventana tras la cual no para de llover. Vinieron los niños y solo Tom y yo hablamos con ellos. Entraron despacio. Tras la barra les vimos las coronillas. Tom y yo los sentamos en un taburete y les secamos el pelo con trapos.

(con tono de niño mojado) *En esta ciudad todos descienden de un niño harapiento acosado por un viejo enterrado en una catedral. ¿Cómo no van a reírse muchísimo los niños en los autobuses? El viejo dirá que no tocaba a esos niños. Pero en sus diarios pudimos leer las mórbidas descripciones de las ropitas de los niños de la lluvia. El viejo dirá que es como darse besitos entre hermanos. Mirad estas mesas. Los cerdos sentados a la mesa. La gente de esta ciudad son cerdos caídos en jarras de cerveza. El día en el que al cerdo más gordo le pusieron la capa. El cerdo más gordo que es el dueño secreto de todas las inmobiliarias de Londres* (se sorben los mocos) (Tom trae un montón de jarras vacías donde se refleja deformada la cabeza de los niños) *En esta esta ciudad, hay quienes dicen que sin motivo, hay quienes dicen que cuando no podemos aguantar más, los niños nos lanzamos bajo los autobuses y paralizamos el tráfico durante horas. Nuestra cabeza se abre como una piñata llena de piruletas en forma de corazón. Hacemos que nadie llegue a su destino. Nadie conoce esta ciudad, ignoran todo lo que separa su casa de su oficina. Salen de sus casas con anteojeras para ver tan solo de frente y así no asustarse o distraerse. Por eso cuando su autobús se para, porque uno de nosotros se ha tirado a la calzada, no saben llegar a sus casas y se quedan viviendo entre cartones bajo una parada de autobús temporalmente fuera de servicio. La megafonía del autobús se disculpa por cualquier inconveniente causado a su viaje pero nadie les trae cartones nuevos cuando llueve* (se asoman a la barra y ven mis zapatos chorreantes de cerveza) *cómo te entendemos. Ya hemos dejado de intentar usar zapatos, vamos por ahí con los dedos oliendo a nicotina entrando en los bares de puerta verde. En cualquier caso, es mejor no llevar zapatos para que no se los coman los cerdos. Estos cerdos se lo comen todo. Caminamos por esta ciudad con el cielo encima de nosotros, observándonos, sin dejar que se nos seque la ropa que se nos pega para que al viejo le sea más fácil ver nuestros huesos y correr tras un arbusto* (un cerdo muerde la mano a Tom porque estaba por llevarse un plato) *Estos cerdos se lo comen todo. Ahí está en la puerta el cerdo más gordo. Ponnos un par de pintas, haz el favor, no, de esa no, Peckham Helles si tienes, haznos el favor, no tenemos dinero. Deja que nos quedemos aquí, al menos hasta que deje de llover, que ya es la cuarta vez que cambias el cubo de la gotera. El tiempo pasa en litros de cerveza. Cuando empecemos a hablar toda esta sala se ahogará a la vez. No contamos más mentiras* (el cerdo entra en el bar, apoya el cetro sobre la barra y da una patada al taburete de los niños. Tirados en el suelo, estruja su hocico contra sus culos mientras berrea mandatos de inglés borracho).

7 de mayo — Londres

Bajo al cementerio para decirle a la paloma lo que tiene que contarte. Esta mañana el cementerio está lleno de mujeres llamando a perros que las ignoran. Un chico pintando las flores con típex. Volver al blanco. He salido del cementerio con el escupitajo de un pájaro en la cara.

9 de mayo — Londres

El cielo sigue blanco lo veo bajo los árboles. Había un chico mirando las copas, me ha preguntado si aquí no hay farolas, si aquí el cielo es siempre así.

10 de mayo — Londres

A las ocho de la mañana los freelances en sus bicis llenan la calle de insultos. Llevo dos semanas sin aspirar el barro de mi habitación. Por encima de los pájaros el sonido de los aviones. El chico de ayer *¿tiene fuego tu cigarro? es la última farola* parecía que hubiese visto un fantasma.

11 de mayo — Londres

Una buena parte del barro ha acabado en mi cuarto y mis pantalones. Se ve que ha venido alguien a pisar las flores aplastadas en los charcos. Este chico estaba también hoy, lleva ropa que le queda grande, le he dicho que nunca se fíe de un chico que vaya con auriculares.

13 de mayo — Londres o La historia de Londres contada por los niños a los camareros

ACTO II

(los niños se levantan del suelo, echan una ojeada a la sala y se acodan en la barra poniéndose de puntillas. Empiezan a beber) *Los vagabundos roban las colillas de los ceniceros, son unos tacaños, con las manos sucísimas no te dan ni una calada. De fumar esa mierda se les han puesto los labios cenicientos. Están fatal en esta ciudad, los perros van con jerséis y los cerdos desnudos, en esta ciudad donde se vende la peor ginebra a un precio altísimo, hemos visto que la usáis para limpiar las mesas con los cerdos todavía sentados, si es que no pueden ni levantarse, se han quedado atrapados en la silla, es que ¿a qué cerdo se le ocurre sentarse en una silla? En este país, donde hasta en los libros pone que los cerdos no tienen que sentarse en sillas ni comer en mesas. Pero bueno, aquí son cerdos todos. Prisioneros entre la silla y la comida india. Si van por ahí con los ojos como cebollas, hombres y mujeres con el culo caído, bajo este cielo de mierda, bajo el cielo de esta ciudad la gravedad es insoportable y por eso todos se han convertido en cerdos, bueno, todos excepto los niños y los camareros. Vosotros os emborracháis porque si no aquí no se queda nadie, nosotros para aclarar si hoy nos tiramos o no a la calzada, nos emborrachamos, pero luego a menudo nos acordamos. Hambrientos de olvido. Vivimos solos, pero en una soledad que ni aspira ni añora compañía, que despierta odio, estamos juntos para tener a alguien que nos empuje si no nos atrevemos a tirarnos, solo por eso estamos juntos. Cada uno duerme en un lado de la habitación, los interruptores reventados, al que dé las buenas noches lo quemamos con chustas, pero ojo, nosotros no las robamos de los ceniceros, los pitis nos los da el viejo cuando le enseñamos el claro detrás de las paradas del autobús. Me sorprende que no ande por aquí ese viejo de mierda con las manos temblando, vendrá luego seguro. Tú y tu colega sois majos. Antes, antes de entrar, te hemos visto desde la ventana que estabas escribiendo en la libretilla de las comandas, y hemos dicho, a este, tenemos que entrar en el bar del chico que escribe insultos en las comandas. Si no te hubiésemos visto escupir en las jarras, no habríamos entrado, venga, haz el favor y rellénanoslas* (meten una mano en el bolsillo, sacan un par de cigarros arrugados) *y te invitamos a un piti luego. ¿Qué hora será? sigue habiendo luz, en fin, gracias. Pues eso, que siempre estamos por aquí dando vueltas, y todo el mundo va solo, en una soledad de nueve millones de habitantes por las calles, bueno, muchos se quedan en casa por miedo a que su autobús se desvíe. Es mejor que no anochezca para que así no tenga que amanecer, mira que no solemos tenerle miedo a nada, pero el amanecer, con el amanecer nos cagamos vivos desde que al cerdo más gordo le pusieron la capa, desde que le han puesto la capa, cada madrugada abre el cielo a tiros, y mira, a nosotros lo de los autobuses nos da igual, pero palmarla porque un cerdo de mierda con capa dispara contra el cielo no. Cada uno en una esquina cagándose de miedo debajo de las farolas esperando que no lluevan balas, así se vuelve más fría la mañana. Gracias, gracias, ahora te invitamos a un piti.*

14 de mayo — Londres

Yo me despierto antes cuando el cielo aún no es blanco. Ha venido una golondrina a la ventana los pájaros no tienen dirección.

15 de mayo — Londres

Mi padre me decía que no me dedicase al crimen, que siempre he sido muy mal mentiroso, pero si no, cuál sería la gracia.

16 de mayo — Londres

He salido de casa, me dolía la cabeza por haber estado dos días leyendo en mi cuarto. Esta ciudad hace ruido. Un helicóptero para que no podamos escuchar a los pájaros. Sentado entre las flores blancas tu voz tu voz gorjeos grajeos. Escondido detrás de las flores blancas. Los pájaros se persiguen de una a otra rama. Los tallos ceden al peso. Los troncos son finos y las copas se mecen con el chico que fuma.

17 de mayo — Londres

Como si el día no empezase. No se mueven ni las copas ni las ramas. Se oyen los pájaros pero no se ven. Hombres demasiado altos para esconderse detrás de las flores. Por encima de los árboles y de las casas una página blanca. Estaba el chico *por más que lo mires no va a volverse azul* estuvimos caminando un rato, se paró de golpe, *no te asustes será un pájaro.*

18 de mayo — Londres

He salido con prisa porque como cada mañana mi habitación se llena del ruido de las obras de una casa que no se deciden si levantar o tirar frente la mía. Pueden decirme lo que quieran pero en esta ciudad lleva días sin amanecer. El cielo así y las farolas encendidas. Hasta ahora he pensado que había muchos pájaros pero solo quedan unos venidos de lejos que imitan el canto de los que se fueron. Qué decepción se llevaría el chico que conocí hace un año *he venido a escuchar a los pájaros*. Dos mujeres me ven leyendo en el banco de las flores blancas y se alejan.

19 de mayo — Londres

El verde ha invadido el parque. Las flores blancas bordean los caminos que caminan los hombres. Este cementerio es como este diario verde por fuera y blanco por dentro. Por algún lugar camina un chico con ropa grande, escribir sobre los zapatos, la camiseta, los pantalones, parece echarse a volar, no se sabe si como un pájaro o un fantasma, sus brazos finos los huesos de las alas.

20 de mayo — Londres o La historia de Londres contada por los niños a los camareros

Intermezzo, pausa para un cigarro

(fuman debajo del tejado de la puerta, llueve) *En esta ciudad los semáforos aguantan poquísimo en verde para que nadie se atreva a cruzar y así la gente no salga de sus casas a veces no hace falta que nos tiremos a la calzada porque las madres lanzan los carritos de sus bebés antes de que cambie el color pero los autobuses arrancan en cuanto están rojos y atropellan a los bebés sin pararse no paran el tráfico el carrito sale disparado y eso es todo y aun así aquí tienen decenas de hijos en los autobuses de camino a la oficina sin que nadie los mire bajan del autobús dejándolos sobre el asiento de tela perdona si hablamos tan rápido pero ahora que estamos fuera y tienes un momento tenemos que aprovechar para decirte la verdad de esta ciudad ya nos dejamos de mentiras de verdad dentro han subido el volumen de la música para que no puedas escucharnos a esos cerdos no se les escapa nada hemos venido para hablar contigo que estabas escribiendo en el cuaderno de las comandas podríamos haber ido al dinner de enfrente pero el cocinero se sienta en la ventana y fuma cigarros como tubos de escape bueno cocinero si todo lo que hace es abrir bolsas dentro de una freidora del color de la nicotina se sienta en la ventana y fuma unos cigarros negros bajo la lluvia su hijo raquítico tira abajo las persianas galvanizadas y el cocinero se queda fumando a oscuras este era antes un bar de obreros hasta que llegaron todos estos patéticos freelances ahora esos hombres no tienen donde emborracharse y pegan cláxones por las esquinas alguien que no viva aquí pensaría que es una estupidez pero en esta ciudad es muy importante tener un sitio donde emborracharse y en casa uno no puede si te emborrachas en casa acabas pesando demasiado las casas por aquí las construyen obreros cojos cómo cojones van a levantar casas si no pueden ni sostenerse ellos mismos perdónanos si nos estamos poniendo pesados pero es que desde que te vimos por la ventana supimos que tú nos ibas a entender si te enrollases un poco más nos invitarías a pasar la noche a tu casa pero oye no tenemos tanta cara sabríamos cómo agradecerte que nos dejes pasar la noche en tu casa pero bueno qué digo para eso tendrías que dejar este bar y aunque el bar se vaciase tú tienes que estar en la barra los camareros venís borrachos al trabajo y decís cosas tristes mientras colocáis las jarras os alimentáis de cigarros y agua con gas veis a las madres entrenar a sus hijas de catorce años con jarras de lager les dan besitos sobre la diadema para que se recompongan aunque ellas no sepan por qué su madre está tan triste la soledad de esas niñas le deja a uno la moral por los suelos ¡eh! tú deja eso deja de rebuscar en los ceniceros te mereces más que esa mierda nosotros te damos por cierto nos encanta tu bolso de lentejuelas estamos en deuda con los ladrones de cigarros de ellos aprendimos a insultarnos.*

21 de mayo — Londres

La hora húmeda, cuando el cementerio se vuelve verde cuando los hombres son más altos. Escribo desde donde nadie puede verme mi pluma escupe la tinta. Los árboles suenan como si les hubiesen colgado juguetes. Un hombre me mira sentado en una lápida. *Gracias.* Me he resbalado con una tumba cubierta de musgo.

23 de mayo — Londres

Qué excitante que te persigan entre los arbustos, sobre las tumbas, llegas a un punto en el que solo puedes darte la vuelta. En pocos días me marcho de la ciudad. Cómo podré escribir lejos de este cementerio. Lo que quiero es escribir un libro para ellos, regalarles un ataúd de papel, en mi opinión el más hermoso. Un pájaro le da piquitos a un árbol.

24 de mayo — Londres

Nunca los veo en la puerta cuando entro o salgo, para mí estos hombres viven aquí, paseando, sentados en lápidas o dando vueltas sobre sus corceles de hierro. Los esquivo para poder escribir. Creo haber aprendido qué hacer con los golpes de escritura, no tengo ni idea de qué hacer con los de silencio. Quería escribir otras cosas.

26 de mayo — Londres o La historia de Londres contada por los niños a los camareros

Acto III

(apoyados de nuevo en la barra las jarras vacías deforman la cabeza y la voz de los niños) *Nadie nos ha querido y por esos somos así, y no es que eso justifique todo porque nada justifica lo que hacemos, pero eso nos dijeron en la oficina de servicios sociales que es la trastienda de una falsa oficina de correos, que somos así por lo que nos hicieron, que por eso cuando nos besamos entre nosotros con miedo a perder los dientes nos meamos encima, sí, lo hacemos también sin el viejo, nos gusta, pero lo hacemos apretando los ojos, los ojos no dejan de ver, cerramos los ojos para ver negro. Tú escribes en tu libretita que podríamos haber sido más bellos, que amamos al viejo igual que los perros lamen los pies de los niños que les pegan solo por ser niños. Cualquiera puede amar, incluso como un ladrón de cigarros, incluso como un niño, pero no recomendamos lo de amar como un niño, hay niños que nacen sin querer vivir, cuando uno piensa mucho en esto es cuando se tira a la calzada y paraliza el tráfico, pero también nos tiramos sin motivo. A veces nos montamos en un tiovivo y nos ponemos un poco poetas, sí, hasta nosotros hacemos esas cosas y nos preguntamos si nos tiraríamos a las calzadas si tuviésemos alas, algunos decimos que volaríamos hasta estrellarnos contra las hélices de los aviones y llenar el cielo de ataúdes, otros dicen que* (el techo del bar se derrumba podrido por la lluvia y sobre la barra se desploma una cama sobre la que hay alguien con la nariz roja. Todos mueren excepto el viejo y el niño más pequeño).

FIN

27 de mayo — Londres

Escribo en el metro de vuelta a casa. Hoy ha sido el último día en el bar y estaba lleno de perros. Mañana me marcho. La maleta vuelve a estar llena de ropa sucia. He dado un paseo por el cementerio. Al volver a casa de madrugada después de chupársela en su rellano pasé por delante del cementerio, el peso de las lápidas sobre la ciudad, los pájaros contra un cielo que se destiñe. Este diario es lo que he podido robarle al cementerio. Podré escribir porque sé que ellos seguirán yendo.

28 de mayo — Londres

El escupitajo es escupitajo porque nos escupe lo que llevamos dentro, este diario.

29 de mayo — Madrid

Mis pantalones siguen igual de sucios, en la terraza de un bar pienso en el parque y en la cuesta en la que falta un librero. Aunque iba solo no he entrado en la rosaleda. Pienso que hay tardes en las que eres una sombra iluminada por un cigarro cerca de los rosales. Iba a quedarme a leer por esa zona que conoces pero se ha puesto a llover.

30 de mayo — Madrid

Acabo de leer un libro que hubiese preferido leer en febrero, antes de que te subieses a un avión hacia Londres cambié las sábanas cubrí la mesa con narcisos amarillos puede que los narcisos aún no hubiesen florecido y ordené los libros que apilo sobre el suelo. Esa habitación de gotelé raído sin somier y sin persianas, así es la habitación, me da ganas de escribir pero nada más.

31 de mayo — Madrid

Debe de ser que me desequilibra este cielo pero esta mañana he tachado varias páginas de este diario después de que a mi hermano le pareciesen injustificables. Escribí que no hay mayor placer que arrepentirse de lo que se ha dicho, el problema empieza con la lectura. Los diarios son inhóspitos porque están llenos de las cosas que no nos atrevemos a decir delante de los demás pero no por ello son honestos o están exentos de un tono afectado como este. Textos como los que he borrado son esquinas iluminadas por luces blancas. Lo que mi hermano no sabe es que se lo he leído para poder escribir esto. Me entristece que le haya disgustado porque este libro es para él. Él también escribió sobre el cementerio y desde la distancia ha seguido yendo.

1 de junio — Madrid

Dos días atravesados por la corriente eléctrica de tu silencio. La ciudad pesa. Cómo es posible que esta historia quepa en un diario. Anoche me acosté con la tripa llena de humo. Qué sería de los cigarros si no escribiese sobre ellos.

2 de junio — Madrid

Las ganas de no parar de fumar. Cuanto más dure tu silencio más libros voy a regalarte. Te regalo los mismos libros que leo. Voy a escribirte sobre papel de fumar mi tripa llena de humo y tú callado.

3 de junio — Madrid

¿Qué es peor, tu silencio o la estupidez de tu respuesta? Este diario es una farsa porque es un cuaderno. He dejado de escribir lo que me ocurre y escribo cosas afectadas, ya no me preocupa que sean mentiras, pero sí que sean vacuas, debe de ser porque ya soy capaz de fumar mientras escribo. He salido antes del ensayo para ver a mi hermano pero me he sentado en un bar a escribir. Tengo que empezar a dejar en casa la pluma y el diario. Un montón de cigarros. No sé cuánto de esto voy a copiar debería de copiar solo lo que tacho. Qué extraño es escribir para después copiar escribir con la ilusión de tener algo que copiar. Quizás este cuaderno esté llegando a su fin. Había escrito otros posibles finales para este diario. El olor a nicotina en los dedos, da igual cuánto me lave las manos al llegar a casa me meto en la cama con los dedos oliendo mal.

7 de junio — Madrid

Quiero escribir sobre la otra noche pero la pluma se esconde por mi habitación. Tendría que dejar este diario entre unos contenedores para que lo escribiesen los estudiantes que mean de pie. La otra noche fui a hacer pis sobre su pis en la esquina de una plaza. Conseguimos hacer un silencio y compramos cigarros de tres en tres. De camino a tu habitación bordeamos el parque. Me dices que en Madrid los chicos se conocen en cualquier parte bajo una farola en ningún lado. Te doy la razón y te aviso de que en este parque las farolas fallan. No sabría decir si esa noche se nos cruzó un gato pero aunque andemos por ciudades distintas serás cualquier gato que vea.

8 de junio — Madrid

Nos vimos en la cuesta y los puestos de libros estaban cerrados, fuimos a bares a los que no habíamos ido antes.

12 de junio — Madrid

De noche se estiran sábanas en los parques frente a la catedral y los chicos se sientan durante tres horas en el viaducto parando la circulación. Se sientan y piensan en escribir mientras la calle se llena de luces azules y extienden un río de almohadas. La luz de las farolas choca contra las aceras. Se sientan en el viaducto y piensan en otro chico que hace mucho flexionó sus rodillas y dio un salto de tres metros saltando sobre paredes y diarios acolchados. Lo vi anoche cuando tuve que rodear el Madrid de los Austrias para llegar a casa antes de que pasase el último metro.

Anoche estuve en un bar con un chico al que le dije por qué mis diarios son verdes, me arrepiento de habérselo dicho porque el chico resultó ser mucho más aburrido de lo que pensaba.

14 de junio — Madrid

En la entrada de la autopista un hombre sin camiseta toca la trompeta. Los chicos se esconden en las dársenas subterráneas y pasean entre los autobuses que se marchan con la promesa de unos grados menos. Saltan en dirección a las plantaciones de laboratorios para atiborrarse y llenarse los bolsillos de flores blancas. En las librerías han retirado las nuevas ediciones de *Diario del ladrón*, se me han adelantado y me he quedado sin él.

15 de junio — Madrid

Esta mañana he leído lo siguiente: *los pájaros se estrellan contra el suelo a la vista de un avión*. Hoy mi hermano se marcha a Londres para cuando aterrice no quedarán pájaros en el cementerio. Mi hermano y yo necesitamos a los pájaros. Los pantalones que llevo ahora son los mismos que he llevado durante el invierno los he cortado a la altura del muslo, ahora nadie tiene dudas de lo que hago en los parques.

16 de junio — Madrid

Verbena de San Antonio de la Florida, los chicos del parque bailando en una explanada de cemento.

18 de junio — Madrid

Estoy leyendo un libro en el que hay páginas enteras escritas sobre la tinta.

19 de junio — Madrid

Iba a ponerme a escribir pero el cartucho de la pluma estaba seco y he tenido que levantarme para coger uno nuevo. La lectura de los diarios de N. está siendo abrumadora. No sé qué escribir. Copiar las frases siento que las he escrito yo. Lo que intento escribir lo tacho, mi mano y mi cabeza. Tengo que escribir deprisa me he dado el tiempo que tarde en hacerse el café. Los días en Madrid se me agolpan. Incapaz de escribir sino notas. Mi diario sale por la ventana batiendo sus páginas blancas lo persigo con la pluma en la mano. Sé que muchos piensan que los aviones fueron inventados a semejanza de los pájaros. Tengo muchos días que escribir pero no puedo escribir con mi pluma porque en Londres los pájaros están cayéndose. Quiero acabar este libro para recuperar mi diario. Una lectura que es igual que un dictado. Leo y me duele la cabeza. Esta tarde me ha llamado G. y he recordado cuando perdí el equilibrio por las calles de París buscando un chico gris buscando una paloma azul.

20 de junio — Madrid

Después de despedirme de C. he encontrado a los vendedores de rosas Madrid de noche se llena de hombres que venden rosas fucsias por calles sin gatos y de chicos cabizbajos. Mi pluma suelta mucha tinta. Escribo en la única casa que se opone a la frialdad de las puertas cerradas. Escribo sin cuidado para recuperar mi diario. Escribo algo que llevaba tiempo pensando y no puedo parar de repetirme. Las letras pasan sobre motos a toda velocidad nunca he escrito peor. Se me ha caído la pluma robaré el libro. He atravesado la ciudad sobre mi corcel de hierro saltando los semáforos en rojo pero sin miedo pues sentía en el bolso el peso del libro rojo. Escribo nada más llegar a mi habitación con la cabeza de un burro colgada en la pared ¿copiaré algo de esto? Pagaré a un chico para que copie mis diarios. He llegado a mi habitación mucho antes de lo que me gustaría reconocer. Los hombres pactan caminar de noche sin mirarse a la cara. He subido a mi habitación con cuatro vueltas de cerrojo por si mi diario intenta marcharse ya no me atrevo a abrir las ventanas. El libro rojo sobre la mesa escrito en rojo, conozco el entumecimiento de los cigarros.

22 de junio — Madrid

Escribo en el metro porque llevo todo el día con dolor de cabeza. Anoche conocimos a un hombre en un bar y como era su última noche en Madrid compartió con nosotros su itinerario nocturno. Fumamos un cigarro en la puerta nos cuenta que estuvo hasta las siete y media de la mañana vendiendo rosas. Nos dijo que a él le gusta salir pero que cuando llegan los mascullaos se acaba la fiesta y la gente se pira a su casa. Fuimos a otro bar.

Dijimos al puerta que veníamos de parte de J. y nos regalaron un chupito. Bajamos las escaleras y llegamos a un cubículo donde los chicos eran delgados y vestían de negro. Nos acabamos de emborrachar después de varias copas que no pagamos diciéndole al camarero que ya le habíamos dado el tique oferta. Me ha parado un chico que cargaba un lienzo para preguntarme qué estoy escribiendo. *Mi diario. –Yo también tengo uno. –Y tú, ¿qué haces con eso?–Nada, lo tenía en una expo y ahora lo llevo a casa.* Un lienzo grande. Un chico con unos granos dulcísimos. Un lienzo grande las alas de un ángel. Me enrollo con el chico más alto de la fiesta y me dice agarrándome del culo por debajo del pantalón que para seguir tengo que enrollarme también con su novio. El novio aparece con otro chico no muy guapo y nos enrollamos los cuatro en una esquina del local. M. se mete en el baño con una treintañera y una adolescente. No la vuelvo a ver. Salgo a fumar y los mascullaos aparecen en cuanto nos sentamos en un bordillo. Ella hurga en mi bolsa mientras él me distrae con su mandíbula y me pregunta si dentro están los vendedores de rosas que no se los puede cruzar. Le digo que dentro hay un hombre con un ramo de rosas y le digo a ella que la estoy viendo, que deje de hurgar en mi bolsa que no llevo nada. Después me volví a casa.

24 de junio — Madrid

Cuando me he vestido mi camiseta olía al humo de anoche. M. se quedó a dormir en casa. Me hace gracia el juego que se trae hablándome de su novio mientras se desnuda. Vuelvo a escribir en el metro de camino a ver a D., estos son los momentos hermosos en los que este diario me vuelve a pertenecer. Mi pluma funciona mal se debe de estar acabando la tinta. Mi hermano vuelve hoy de Londres, solo le pedí una cosa, pero me ha dicho que no ha podido robar cartuchos para la pluma, que en las tiendas a las que solíamos ir han dejado de vender cartuchos y plumas. Acabo de salir del bar en el que estaba escribiendo y lo que he escrito me parece una estupidez. Soy una farola que falla. Se sienta un hombre en el banco en el que espero y dice no saber dónde está antes de que acabe de escribir esto ya se ha levantado.

25 de junio — Madrid

Un chico me pide un cigarro mientras se soba la entrepierna, sus pantalones blancos, coge mi cigarro con los labios, pasada la una llegan los hombres para vender ramos.

28 de junio — Madrid

Ayer me encontré con M. en una lectura de poemas. Un montón de peces chocándose con el cristal de la pecera. Lo mejor de la tarde fue que por primera vez al darnos dos besos la boca de M. olía a cigarros. Los chicos más guapos de la pecera llevaban un reloj en la muñeca izquierda ¡si por lo menos fuese en la derecha! Parecen no darse cuenta de lo feos que se vuelven y lo poco atractivo que es hablar con alguien que sabe la hora que es. Si no he escrito nada estos días ha sido porque se han sucedido demasiado rápido y porque mi pluma funciona cada vez peor. En seguida se hace de noche y parece que nunca me llego a ir de la plaza. Estoy escribiendo muy pequeño para que la tinta cubra las letras. A lo largo de estas tres noches la plaza se ha ido llenando. Me entristeció ver que ha desaparecido el banco donde estuve con

Pablo. Para hacinar a centenares de turistas han arrancado el banco en el que dos chicos hablaron, fumaron, se enseñaron poemas y dejaron para irse a otra plaza. La otra noche conocí a unos chicos comprando cerveza, los tres venidos de Zaragoza eran simpáticos y bajitos, daban saltitos para llegar a besarnos. Intentaron convencerme para que les siguiese a un local pero les dije que me quedaba en la plaza. Cada noche vuelvo a casa más al borde del día.

29 de junio — Madrid

Mi pluma funciona cada vez peor. La tinta se derrama sobre una palabra o deja un trazo ilegible, poco a poco iré escribiendo la página en blanco, mi diario será la elipsis de este cuaderno. Los libros que leo me invitan a dar los mismos paseos que el verano pasado. He dado una vuelta y me he sentado en un bar. Bebo mientras espero a que oscurezca. Bebo una copa tras otra en lo que oscurece. Cuando salí del bar había demasiada claridad. Esto es casi ilegible. Con mi pluma voy escribiendo mientras camino. Un poeta pesado me dijo que evitase los gerundios, yo no escribo quieto no tengo un escritorio este diario es la ridícula gesta de un narcisista resentido. Paso por un montón de terrazas tomadas por turistas. Las motos van a toda velocidad. Camino mientras espero a que oscurezca. Las aceras por las que camino son estrechísimas. Subo la cuesta y los puestos están cerrados. Cuando he llegado al parque había aún demasiada claridad. Somos seis esperando en la fuente. Me ignoran porque imaginan que estoy escribiendo sobre ellos. Cuando he visto al ángel en la cuesta me he parado y he torcido a la izquierda, cuando ves a un ángel solo puedes torcer a la izquierda. Sopla el viento y se esparcen. El parque entero vallado por adversidad meteorológica. Tengo que dejar de escribir ya huele a puerto. El resto no lo voy a copiar.

3 de julio — Madrid o La transustanciación de los mecheros

En la plaza un chico muerde un monociclo sobre su cabeza los adolescentes buscan kalàshnikovs roban el monociclo y dan vueltas disparando a la gente la cara de gusto con el monociclo apretándoles el culo. Lo volví a ver en la misma plaza que dejamos solos de madrugada hace semanas. Bailamos y nos besamos. Estamos borrachos y nos pasamos una pipa para ver quién dice la frase más larga antes de toser. Hablamos con extraños para que nos vean besándonos. Nos despedimos de tus amigos cuando el altavoz se queda sin batería y damos una vuelta para llegar a mi habitación. *Ese mechero te lo regalé yo en mi habitación*. Yo compré el mechero esa misma noche, le dije al dependiente que eligiese él. Lo dejo en mi cuarto mientras corre el grifo me lo imagino en mi habitación ojeando mis libros, llego con los vasos y está haciendo eso. Tirados en la cama me desnuda. Dos bocas dos cajetillas. Si no fuese por el ventilador no podríamos dormir desnudos en una cama tan estrecha. Los estanqueros me venden mecheros que me habían regalado. Nos volvemos a encontrar en la plaza los altavoces funcionan pero no bailamos. Quien escribe delinea un rectángulo sobre una página blanca. Voy dando vueltas sobre un monociclo hasta que te veo, me acerco y desde muy arriba me despido de ti, me dedicas una sonrisa que ninguno se cree te guiño un ojo. He venido al parque a leer. Al salir de la librería con la bolsa en la mano el último calor de la tarde. Veo partir los autobuses llenos de estudiantes que dejan la ciudad con la promesa de temperaturas más amables. Un chico se aleja en tren tirado en un asiento de pasillo con gafas blancas. Los personajes del libro que leo se conocieron en este parque. Debajo de estas parcelas verdes hay dársenas subterráneas, los hombres van a esos baños para despedirse de la ciudad. He cogido una bici y he dado una vuelta, he visto que en la plaza han vuelto a poner los bancos.

5 de julio — Madrid

Uno tiene que saber escoger las calles y cuánto esperar en las plazas. Ángel, *el tío con el que iba a verme ha pasado de mí y sin llaves no puedo volver a casa.* Le dije que un pirata no abandona a otro, se sentó a mi lado dos chicos con camisetas de rayas. Le invité a un cigarro, él me prestó el mechero y compartimos una lata. Después de despedirme de C. y M. me senté en las escaleras, saqué el libro y me quedé mirando. Después de charlar un rato fuimos a un bar. Nos encontramos con dos chicos que nos propusieron un triste apaño con un colega mayor que nosotros. Tomamos otra y nos fuimos. Esta mañana me ha despertado al marcharse.

6 de julio — Madrid

Esta tarde he cruzado el parque montado en mi corcel de hierro. Siento que nadie podría creerme si le contase que por aquí hay un palacio de cristal hay quien no lo dudaría.

7 de julio — Madrid

Robé este cuaderno y lo volví un diario.

10 de julio — Madrid

Siempre que voy y cuando vuelvo a casa me pongo a escribir me siento un traidor. He quedado con Jaime en la cuesta. La hemos subido parándonos en los puestos de libros. Nos hemos sentado de espaldas a los arbustos. Hacía mucho que no escribía sobre él. Me ha contado que conoció a un señor y se besaron en un banco. Le conté mi noche de piratas. Las farolas se han encendido. Tengo una costra encima del labio te he dicho lo tonto que me siento por seguir cortándome al afeitarme, *pensé que era un lunar que nunca había visto.* Hemos tardado en despedirnos. Has tirado hacia abajo mientras yo tenía que dar una vuelta para salir. La luz naranja de las farolas no alcanza a iluminar el parque y el paseo que baja hacia la cuesta está bordeada por setos. Me he metido por uno de esos caminos. No sé si me hubiese atrevido de no ser por la decisión con la que caminaba el chico con el que iba. Un montón de faros consumiéndose. He conocido a Borja y a Miguel y juntos hemos dado una vuelta por las parcelas de aligustres.

12 de julio — Madrid

He quedado en ir a buscar a mi madre cuando saliese del médico. Mi idea era entrar por O'Donnell y tomar algo en algún quiosco, *no, hace demasiado calor, vamos a un sitio cerrado.* Mientras bajábamos la calle le he dicho que estoy yendo al parque varias noches, que se está muy fresco, *ya, sí, por donde el chaperío, por ahí, verdad.* Bajando la calle vimos tres palomas muertas, el calor las tira contra las aceras. Nunca he mencionado que fue mi madre quien hace años me habló por primera vez de los setos de boj y de los hombres que se escondieron en el parque. Luego me ha preguntado si no cierran la puerta pasadas las doce, le he contestado que el guardia es amigo.

13 de julio — Madrid

Junto con los vendedores de rosas hay otros hombres que te regalan pulseras para entrar a los bares sin pagar. Los chicos bailaban sujetando estrellas con la mano bajo los neones. Cuando acompañé a un chico al baño vi a dos besarse con el espejo, inclinados se miraban hasta volverse de mentira, cuando cierre el bar y se encuentren en las calles sin charcos se coronarán sobre cubos de basura.

14 de julio — Madrid

Ha tardado mucho en hacerse de noche. Me he sentado junto a un hombre, hablarnos habría sido una imprudencia hemos fumado en silencio. Me mira como me miran todos cuando se imaginan que escribo sobre ellos. Ves a los chicos caminar por la plaza como se camina por el parque. Han aparecido unos con un acordeón les he gritado que no estamos en París. Fumamos en silencio me prometo que al llegar a la mitad del cigarro le hablo. Sus piernas están cubiertas por pelos rubios *iré cuando la tarde cante, azul, iré herido por el trigo* aquí hace demasiado calor para salir por la tarde. Se han levantado dejando un acordeón solitario. Esta noche he quedado con Miguel en Atocha. Un hombre me ha parado, después de intercambiarnos un saludo se ha dado cuenta de que quizás no teníamos nada más que decirnos y se ha disculpado. Con Miguel fui hacia una zona mal iluminada.

16 de julio — Madrid

Estoy sentado en una terraza, dos mesas a mi derecha hay un chico. Acaba de llegar una amiga suya, estaba esperando. Somos muy pocos los chicos que nos sentamos solos en terrazas. Lo que me gusta de escribir mi diario es que siempre tengo algo que escribir. Me ha escrito Miguel para que adivinase desde dónde me escribe.

19 de julio — Madrid

En la calle vi a un chico tumbado sobre un banco, no me habría fijado demasiado en él de no ser porque iba con pantalón de pana y camisa, el chico estaba al sol, me acerqué a preguntarle qué leía. Cuando a eso de las dos salí con M. del bar no se podía estar en la calle, el calor se concentraba como lengüetazos, nos sentamos en una plaza y tuvimos que beber deprisa. Ahora que quedan pocas páginas en este cuaderno me pregunto qué va a ser de este diario, me he dado cuenta de que antes de irme de Londres robé tinta pero no robé ningún otro cuaderno, tendré que descubrir dónde conseguir en Madrid uno de estos cuadernos tan caros. He ido esta tarde a una librería y he hecho buscar al librero, tan guapo, un libro por toda la tienda, cuando ya había salido he escuchado que me llamaba, lo primero que he pensado es que no me había metido nada en el bolso, tenía el libro en la mano.

21 de julio — S. L. de el Escorial

Se me ha acabado la tinta en el peor momento. Mientras escribo dos hombres me esperan en la esquina de una cancha de fútbol, he ido a beber a donde iba a beber mi abuelo. Un sapo azul se comió a mi abuelo con un pitillo. Miento. El bar en el que estoy no es el mismo, ese lo han cerrado al irse muriendo la gente. Después de comer C. y yo hemos ido a pasear por el parque y en lo que esperábamos a su tren hemos tomado dos cafés. Estos días con C. han sido maravillosos. Ayer después de comer nos quedamos en la mesa conversando sobre lecturas, nos leímos poemas y le enseñé los libros que he encontrado estas semanas. De camino a la estación nos hemos desviado para dar una vuelta por la rosaleda hay que desviarse para ir a una rosaleda. Anoche escribí que conocía a otro chico en el número quince de la calle Alberto Aguilera, a media tarde, uno de los dos se llamaba El Gato con brazos rojos. Antes de sentarme en esta mesa estaba convencido de escribir un montón de cosas que al abrir el cuaderno me han parecido estúpidas. No debería escribir sin mi pluma. Este libro me ha robado mi diario. Ya no me preocupa acabar este cuaderno porque me he acordado por qué dejé Londres sin robar otro cuaderno verde. Estoy leyendo un libro que da vértigo. Tiraré una colilla dentro de este libro. Se me apagó el cigarro, perdí el camino: cuántos en el parque. Una señora me acaba de pedir un cigarro *no tengo, pero los de ahí tienen. –Solo lo quiero si me lo das tú.* Se ha acercado *lo que quería era ver qué lees.* Le he dado el libro, *pero esto es demasiado profundo para alguien de tu edad.* Esa señora bien podría haber sido Marava pero esa historia la escribí en otro libro. Un mechero hace de marcapáginas. Los niños caminan sin pensamientos delante de las hornacinas con una cinta de plástico dejaron sin oxígeno su infancia. Ahí donde ya no habrá recuerdos. Ahí donde de niño jugaba con mi hermano a señalar las avispas. Mi madre tan alérgica a las avispas. Ahora que se acaba este cuaderno soy yo quien escribe en azul.

22 de julio — S. L. de el Escorial

Después de comer he ido al monasterio. Anoche, antes de salir mi abuela me pidió que le acercase el monedero, me dio el dinero exacto para mi tabaco favorito. He ido a casa de un vecino. He vuelto a casa sin escupir con el sol agrietándome la cara. Al llegar a casa caliento las albóndigas en la sartén para comer con mi abuela. Después de comer nos hemos quedado en el salón iluminados por la tele. Me ha preguntado qué tal estas semanas por Madrid, cuando ha parado de reírse me ha dicho que tenga cuidado que de noche todos los gatos son pardos. Anoche no escribí que al levantarme de la terraza Marava me dijo que tenga cuidado con los libros que leo.

23 de julio — S. L. de el Escorial

En este pueblo conducen borrachos pero ni aun así logran estrellarse. Duermo en el cuarto que fue de mis abuelos, una cama más corta que yo con los pies colgando de los travesaños. Un espejo contra el que cierro los ojos. Un día cogeré las cosas que no copio que tienen que ver con los espejos y las neveras y escribiré un poema titulado *Descubrir los espejos*. Ayer a las siete fui a misa. Son estúpidos en misa, se levantan con los ojos como lavadoras y repiten sin silencios ¡un berrido en la basílica! mantuve ojos y labios cerrados y cuando se levantaban agachaba la cabeza, sé lo afectado que resulta escribir esto y sé que solo por el hecho de que así ocurriese no tiene ningún valor. Escribo acodado en la barra de una cafetería. No tengo nada más que escribir miro las neveras para las tartas vacías.

25 de julio — Madrid

Vuelvo a escribir con mi pluma. La otra noche conocí a Camile. Viene de Marsella y lleva tres años de viaje por Madrid. Cuando lo vi estaba agarrando dos litronas, una de papel. Después de hablar y fumar me dijo que no coma, que haré bien en no comer, que no hay que comer, que nos envenenan en los bares.

29 de julio — Madrid

La plaza en la que he estado viendo a Camile es donde descansan los vendedores de rosas *si te compro una me quedo sin cerveza*. Anoche me llevó a la habitación que tiene alquilada *esto lo pagan mis padres*. Me dijo que soy como una almohada con huesos. Luego abrió su cuaderno y quiso leerme un poema que me había escrito. Me lo leyó y después no me miró. *Tienes debajo de la boca un hueco para una bala de plata / donde acaricio el labio de Orestes / bajo mi cama brillan los fusiles / el labio único besado el grito* lo he podido copiar porque lo arrancó y me lo dio. Hoy mi madre me ha llevado en coche a una librería para que me diese tiempo a robar, me ha esperado tomando un café helado en una terraza.

30 de julio — Madrid

Anoche me escribió Miguel para que fuese con él al parque, era ya tarde yo no iba a llegar, él entró antes de que cerrasen la verja. Antes de marcharme a Génova el viernes tengo que ir a casa de papá para coger los libros que me quiero llevar, llevo dos semanas pensando qué libros llevarme. *No hay noticias de David*, no haría falta escribir nada más. He tenido que tumbarme porque me ha empezado a sangrar la nariz. Mi pluma está sudada por la fuerza con la que subrayo. No hay noticias de David. Cuando se acabe este cuaderno recuperaré mi diario.

31 de julio — Madrid

No hay noticias de David. Anoche hablé mucho con M. sobre la escritura y la mentira.

Sentados en la terraza le di a leer algunas páginas de este diario, mientras leía fumé un cigarro tras otro, he escrito muchas cosas de las que me avergüenzo, pero es lo único que puedo hacer para que esto no se vuelva un cuaderno.

1 de agosto — Madrid

Mi pluma no escribe. Dentro de poco tendré para copiar una página blanca. Hoy la luna escupe a las farolas. Mientras escribo en la otra mano alguien se fuma mi cigarro. Estoy esperando a Miguel, hemos quedado para caminar por el parque, me preocupa alargar esta relación, el primer día solo le dije mentiras. No hay noticias de David.

2 de agosto — Madrid

Esto lo escribo aunque no estoy seguro de copiarlo, cuando acabe este cuaderno recuperaré mi diario. Escribo aún sin tener ninguna garantía. No hay noticias de David. Nada me garantiza que esta escritura no me perseguirá hasta otro cuaderno.

3 de agosto — Madrid

He empezado otro cuaderno. No es un diario, es una libretita negra. No voy a copiarlo. Ayer M. se encontró con Camile, hace días que no lo veo. La vecina ha cerrado la ventana para que no la oigan gritar a su hijo. No hay noticias de David. Copiar y corregir mi diario. Mañana estaré en Génova. Tacho las cosas que no sé dónde escribir. Mi pluma no funciona pero me la voy a llevar, ya me ha pasado que un día vuelve a escribir, de momento estoy escribiendo con una pluma falsa.

4 de agosto — Génova

¡Génova! el cielo sobre la ciudad. ¡Los ángeles! la ciudad agolpada en la mano.

5 de agosto — Génova

Los ceniceros. Las ratas. No me siento capaz de escribir sin mi pluma.

6 de agosto — Génova

Las cucarachas suben desde el callejón y entran por la ventana.

8 de agosto — Génova

Las cantantes de ópera matan a las cucarachas, a R. le ha caído una en la cara mientras se lavaba. Me he levantado para llegar a la Anunciada antes que nadie. ¿Cuánto puede resistir la ciudad al amanecer? Hay un chico en el portal dispuesto a hablar del precio de las flores. Lo veo cada vez que salgo de casa. No hay charcos ni farolas. Su sonrisa apunta a los callejones. No me gusta la palabra callejón porque parece impostada pero no lo es en esta ciudad. Es un chico como yo pero extraño.

11 de agosto — Génova

He tenido que dejar de leer porque no podía parar de pensar en escribir. Me doy cuenta de que no sé nada de esta ciudad. Por los vicolos los hombres toman la forma de un corazón extraviado. Camino muy deprisa. Desprecio a quienes hacen fotos. Los edificios se inclinan casi no entro por las calles. El chico sentado en el portal para hablar de las flores en mi ciudad las venden por la noche es un chico con las manos demasiado grandes como para regalar flores. Estoy escribiendo sin mi pluma. Hoy he cogido una pluma del suelo y la he metido en este cuaderno. Hemos confundido el hambre con el amor. Estoy robando muchísimos libros. La otra noche caminé por el puerto.

12 de agosto — Génova

Sentado en la mesa deslizo la mano bajo la camiseta y vigilo mi esternón. La otra noche tuve una conversación con R. en la cocina. Pienso que estoy hablando demasiado. Siento el impulso de pegarles con este diario en la frente. Quiero sentarme en el portal y que se acerquen hombres a preguntarme por las flores.

13 de agosto — Génova

He metido una cruz en mi bolso. Se llega por el callejón de la Santa Sepultura. Con la cruz de nácar en el bolso he atravesado el vicolo. Una mujer me ha repetido lo guapo que soy, he llegado a la cocina y se la he enseñado a R.

14 de agosto — Génova

Me he cortado el pelo.

15 de agosto — Génova

He dormido fatal no he parado de rascarme los pies. Aparición en el supermercado de vía de Soziglia. Pantalón y camiseta azules. Una paloma atraviesa el callejón de la Torre de San Luca. En Génova las palomas son oscuras como las tanas. Estoy pensando en irme unos días de la ciudad no estoy pudiendo leer como me gustaría. Aún no he vuelto al cementerio pero en la calle veo a los chicos que duermen ahí. Hace dos días que no veo al chaval del portal. Hoy se marchan los cantantes de ópera. Los días son más cortos, anochece antes en la calle, por arriba tarda en hacerse de noche. El abandono de los cantantes de ópera.

16 de agosto — Génova

Ahora que puedo escribir la mano se me resiste. He tenido que contenerme para no escribir hasta ahora. He empezado a escribir en el tren en los márgenes del libro que leía, pero quería esperar, quería esta distancia sobre el diario. ¿Escribir las cosas en el orden que sucedieron? Cuando fumo el humo me entra en los ojos. Hasta que no lo escribo no ha acabado de ocurrir, entonces ocurre la escritura, ocurre que continúa. He llegado a Pavía por la mañana. Cuando he visto a P. en el duomo llevaba en el bolso dos manteles y tres libros. Frente a las esquinas de S. Siro, el niño que dio los peces y los panes P. alto con una camiseta blanca. Hemos tomado un café, hace mucho calor. Yo subí al altar y él se quedó en un banco. Detrás de la tumba de san Agustín hay una crónica de plegarias. He escrito para resistirme a robar el cuaderno. No sé qué haré cuando acabe de escribir. Tengo que conseguir otro cigarro. No voy a repetir aquí lo que escribí en la crónica de plegarias. He escrito lo que hacía ahí y con quien había ido. He tenido que comprarle un mechero para que me diese un cigarro. Mientras escribo abren las ventanas palomas melancólicas. Me ha hecho fotos sentado en su cocina y me ha acompañado a la estación. Me gusta la gente que no se gira después de despedirse.

17 de agosto — Génova

Hay un montón de plumas por la calle. Anoche, cuando me iba de piazza delle Erbe me paró un chico, *he visto que estabas leyendo y escribiendo, ¿tienes que irte o te apetece quedarte un rato?*

18 de agosto — Génova

El café que tenemos en casa es malísimo, me perfora el estómago y se sube a la cabeza. Hoy me quedo solo, salgo de casa antes de la hora de comer. Miento a los hombres para solo poder verlos una vez. Un día me bastó para dejar un camino de mentiras por Pavía. Quisiera que este diario exhibiese todo lo que la tinta puede acercarse al papel lo blancos que son los platos. Cuando como procuro tener un espejo cerca, me vale cualquier cosa una cuchara una ventana. Ya he escrito cosas así en otro cuaderno. Ahí está pero no lo toco. Incluso yo he sido tan ingenuo como para no pensar que esto es un cuaderno. En Génova, solo en Génova, han prohibido beber en la calle, en esta ciudad en la que es tan fácil esconderse. Se me ha calentado la botella en el bolso. Siento ganas de llamar a J. y de hablar con él igual que en el café de azulejos azules: ¡lo que la tinta se acerca al papel! ¡me siento tan ridículo escribiendo en la calle! ¡con este cuaderno! Lo importante es escribir. Llenar páginas. En la iglesia en la que hace un año una mujer quiso entrar a confesarse con su perro. Apoyo mi pluma de mentira en la oreja como un cigarro de mentira. Qué vergüenza que me estén viendo con este cuaderno. Enciendo los cigarros con las chustas. Me encanta ver a las madres que fuman y pasean con sus hijos. En la calle del muelle un violinista y un acordeonista se han hecho amigos, el acordeonista ha abandonado al violinista, no te puedes fiar de nadie que tenga un acordeón. Un camarero me ha echado del portal donde leía. Me he sentado en una escalera y le he dado un cigarro a uno que me lo ha pedido.

19 de agosto — Génova

Las farolas alumbran como velas mis ojos están llenos de humo.

20 de agosto — Turín

Nada más salir de la estación veo un niño durmiendo en los pórticos. He venido a pasar unos días con A. He venido a ver a A. y a ver la esquina en la que un hombre besó a un caballo y se liberó de la soledad. Te libras de la soledad cuando te libras de tu diario y tu cuaderno. Un hombre me ha seguido para que le siguiese pero he entrado en un café y le he metido en este diario.

21 de agosto — Turín

Los camareros. En una librería la dependienta nos ha cerrado dentro porque tenía que ir al baño, he aprovechado para comprobar que no funcionaban las alarmas. Hemos ido a ver el hotel donde se mató un poeta, la plaza del beso y el caballo y el edificio en el que un escritor se tiró por el hueco de las escaleras. En casa de A. hay mecheros por el suelo.

22 de agosto — Turín

Me he despedido de A. en el parque. De camino a la estación me ha empezado a sangrar la nariz. Me he manchado la camiseta de sangre. Me marcho con una bolsa de plástico llena de libros. He tirado un pañuelo bajo los pórticos. Se despertaba el niño del otro día, debe de haber descansado. Hace calor.

22 de agosto — Génova

Ha visto mi bolsa y me ha mirado con una sonrisa torcida. Son mis últimos días en Génova querría haber escrito más en esta ciudad. No he acabado el cuaderno porque he cambiado la forma en la que lo escribo. Hasta ahora he pensado que cuando acabe este cuaderno recuperaré mi diario. Algo que no puedo hacer mientras escribo es mirar por la ventana. Mi casa está detrás del puerto, no hay charcos en Génova, cuando me marche empezará a llover. Si fuese más valiente dejaría este diario en el portal pero a nadie le interesaría solo un cuaderno en el que no podrían escribir. Escribir y copiar. Escribir y copiar. Esto no puede ser un diario. Sigo pensando que puedo enamorarme de los pájaros. Solo sé escribir para llenar páginas. No he tocado mi pluma durante semanas. Es un fracaso corregir un diario.

23 de agosto — Génova

Una cucaracha dada la vuelta en la escalera de casa. Un anciano se ríe mientras sostiene su bastón sobre la cabeza. Los chicos que se han sentado con nosotros nos han hablado de los cuchillos de Génova y de cómo hay que vestirse si llevas una navaja. En la puerta de mi habitación hay una cucaracha muerta, lleva ahí desde la primera noche.

24 de agosto — Génova

En piazza delle Vigne un chico me ha convencido para no dejar de fumar. He ido por última vez al vico dei Ragazzi, el callejón del que el camarero me echó por beber en el portal. En el callejón de los chicos está la casa más antigua de la ciudad. Plumas por el suelo. Me he comprado una camiseta de rayas. Cuando he bajado las escaleras para ir a la estación había dos cucarachas bocarriba.

29 de agosto — Madrid

Anoche cené con mi madre y mi hermano en un bar, en la mesa de al lado dos chicos cenaron sopa y pescado, hablaron poco y no se soltaron la mano.

31 de agosto — Madrid

He acabado de leer los cuentos de P. V. T., me he encontrado con los paseos que doy, con los chicos que vistos de cerca ya no puedo confundir con sombras y las ganas de salir con botellas en vez de cuadernos en el bolso. He llegado a casa cuando se han apagado las farolas. Antes de subir he tomado un café en el bar. Envidio a los hombres que fuman por la mañana, me siento cerca de sus mesas.

3 de septiembre — Madrid

Me he puesto los pantalones largos y he salido cuando ha dejado de llover. He vuelto lleno de barro.

4 de septiembre — Madrid

En la plaza escucho a un chico hablar sobre otro que le confunde. Quedan todavía dos semanas pero ya siento que me estoy despidiendo. Un diario escrito entre ciudades en las que no vivo.

5 de septiembre — Madrid

Por la tarde he salido a pasear por el río. Al llegar a la ermita he dado la vuelta. El río arrastraba el barro de estos días. En cada farola alguien fumaba. Por la mañana lo que alguien podrá ver serán colillas junto a la papelera.

6 de septiembre — Madrid

Hace mucho que no me encuentro con Camile, quizás se ha marchado de Madrid. Hay algo de él sobre lo que quiero escribir. En vez de sostener el cigarro con la primera falange del índice y del corazón, Camile lo sostenía con el pulgar y el índice, cubriéndolo con los otros tres dedos, justo como los niños habitúan a sujetarse la polla cuando mean de pie bajo un árbol o una farola. Sé que no me lo volveré a encontrar, pero tendré dando vueltas por la calle un amigo más. No es fácil encontrar el puerto en esta ciudad.

8 de septiembre — Madrid

Ayer di un paseo por el parque que rodea los colegios mayores con un chico que no sabe nada sobre las farolas ni los cigarros. Nos despedimos al salir del bar, él había quedado con su familia y yo con otro en otro bar. La casa del segundo chico está encima del bar. Me acabé una copa y me fui. No tiré hacia mi casa sino hacia el parque. *Cerramos a las doce –Sin problema, estoy de paso.* Entré por otra puerta, pero en vez de meterme por el primer desvío fui hasta la zona del ángel, me apoyé en un pivote y encendí un cigarro en lo que mis ojos se acostumbraban. *¿Quién está poniendo música?* el señor me contestó riendo que no tenía ni idea. Seguí una canción italiana. Los cigarros dan la luz que necesito. *¡Hombre, cómo tú por aquí! –Has visto, si hoy tenemos concierto.* Así me encontré con M., un hombre que conocí hará algo más de un mes en una plaza. Dimos una vuelta otros nos miraban de cerca.

9 de septiembre — Madrid

Anoche estuve con G. en una terraza, llovía y nos apretamos debajo de la sombrilla. Nos echamos el uno el humo del otro. Ha venido unos días de París y se vuelve a marchar pronto. Llevaba puestos unos pantalones azules con bolsillos pequeños. Me contó que en París es muy caro pintar las paredes y que por eso ningún casero consiente fumar, que por eso en su habitación hace frío. Cuando nos despedimos me pidió que vuelva a visitarle *ven las mismas fechas, será igual, los platos estarán blanquísimos*. Ahora que estoy por acabar este cuaderno leo los libros que querría haber leído al principio. He vuelto a casa deprisa porque quería escribir. Oigo a un niño preguntarle a su padre si se acerca una tormenta. De vuelta a casa he metido el pie en un charco. La página y el charco. Abro mi cuaderno azul y busco algo que copiar en este. Escribiendo mi diario persigo a un chico que sube una cuesta abarrotada de libros, entra en el parque, camina recto y sigue subiendo se para y enciende un cigarro, verse ahí es robarse, no se esconden y tarda en hacerse de noche, han llegado demasiado pronto, se enciende otro cigarro y se sienta. No sé cuánto esperar entre lo que escribo y lo que copio.

10 de septiembre — Madrid

En el metro una mujer lleva un vestido igual que las paredes de la cafetería en la que hemos estado. Hemos tomado dos cafés. Te he dado el disco que robé al hombre de piazza delle Erbe. Un hombre enorme se sienta a mi lado y repite que cómo huele a mierda, antes de él se sentó y levantó un hombre delgado.

Dos personas entran corriendo en el vagón. En la cafetería estábamos solos, es un local donde ensayan grupos de música. Un niño grita *¡es que no corren, no corren!* se ríe y deja a su madre en el andén. Cuando no sé qué escribir recurro al cuaderno azul. Este cuaderno se está acabando. Te he esperado apoyado en un coche, cuando has llegado has visto lo sucios que tengo los pantalones *tengo mugre desde Génova.*

11 de septiembre — Madrid

He acabado un libro sobre la fundación de una calle londinense a la que no he ido. Cuando entro en el vagón me duele la tripa. No soy capaz de escoger qué libro meter en el bolso y tardo en salir de casa, ahora sí que escribo para llenar mi diario. Antes de salir a buscar unos zapatos no me lavo los dientes. Una mujer vestida de verde grita por teléfono que no es culpable si su hija piensa que los enchufes son anillos. Me ha seguido hasta el quince de Alberto Aguilera, llegados al portal me acusó de estar siguiéndola yo a ella. No ocurrió así, perdí a la mujer vestida de verde en la entrada de un colegio. Estoy escribiendo sentado en la escalera. Cuando he llegado al portal salía un repartidor de correos, antes de que se cerrase la puerta me he dado cuenta de que podría entrar. En el cuarto piso del quince de Alberto Aguilera hay una tienda de caramelos, no me he atrevido a llamar a la puerta, han dejado la basura junto al felpudo. He subido hasta la casa del portero. Todavía no me ha visto nadie. Quiero llamar a la tienda de caramelos pero aunque llame no querré comerme ninguno. Ha salido del ascensor el padre del niño de la tienda de caramelos. De pie frente a la puerta de su casa le he preguntado por la tienda *no, no es nada, es una mentira de mi hijo*. Se vende un piso en el quince de Alberto Aguilera. Salgo del portal y veo que hay un quince de Alberto Aguilera duplicado. Escribo pegado a los coches. Solo cuando me he sentado en la zapatería me he dado cuenta de lo sucios que están mis zapatos. He dejado los zapatos en mi habitación y he vuelto a salir. Me he tumbado en el parque encima de las dársenas subterráneas, por debajo los hombres entran y salen de los baños.

12 de septiembre — Madrid

Pienso qué hacer para poder escribir. Suelo acabar cansado por el peso de mi bolso. Por la mañana he comprado un pantalón que he devuelto después de comer. Cuando he llegado había dos hombres durmiendo los han despertado unas mujeres que estaban borrando los grafitis. Cuando he acabado el libro me he encendido un cigarro. Camino muy cerca de las mesas robo una cucharita, atravieso una calle ancha por detrás de los mimos. Una mujer vestida de rojo intenta robar en una perfumería. Un acomodador de cine fuma sentado en un portal encima del portal hay una estrella saca otro cigarro de su chaleco. Después de despedirnos del resto nos hemos quedado bebiendo en la plaza. Cuando nos íbamos había sentado un chico con una camiseta de rayas no recuerdo si fumaba.

13 de septiembre — Madrid

Unos adolescentes han llegado por una calle estrecha en un momento han ocupado la plaza. He guardado el libro en el bolso dos chicos se han acercado a pedirme un cigarro.

Una chica con un vestido gris cree que su novio rubio se ha muerto. Se habían dormido juntos contra la pared y él no se despierta. Muy de cerca un chico y dos hombres hablan de la alegría de poder cantar por la mañana, uno empieza a toser, la chica intenta llamar a una ambulancia. Las aulas del instituto se han vuelto a llenar. Le echa un poco de agua por la tripa ve que respira y se va. El chico más joven de los tres lleva un calcetín con estrellas, *a la luz del día es otra cosa, pero por la noche lo ves más normal.* Qué vergüenza que me vea escribiendo lo que dice.

14 de septiembre — Madrid

He salido de casa con mis zapatos nuevos. Este cuaderno me persigue metido en mi bolso culpable de que camine como si ya estuviese escribiendo. En la puerta una madre habla con su hija del suicidio de una paloma. El parque de los nictálopes, se quedan dando vueltas hasta chocarse con el interruptor que enciende el amanecer, yo me marcho antes. He ido pegado a los setos por donde el camino es más irregular. Mi camiseta de rayas en el suelo. *¿Quieres un cigarro? –Vale, ¿me ves* *cara de fumador? –Aquí lo somos*, así he conocido a S. se ha ido a su casa porque mañana trabaja, es azafato. *Llevo poco en Madrid, pero la primera semana encontré a los vampiros.* Le he dicho que hubo un chico en Madrid que escribió poemas a los vampiros parar morir comiendo pasteles. Me meto en un bar antes de que se ponga a llover. Sentado en un banco tiro el cigarro al suelo.

18 de septiembre — Gerona

Después de despedirme de M. tiré hacia el parque, después iría directamente a la estación. Llegué con el primer metro y entré por la puerta de la cuesta. En el tercer bar un chico me dijo que si salíamos a fumar, se acabó el piti y se fue a mear, se apoyó en la farola y no volvió. Cuando salimos del bar llovía ahora llueve debajo de los arbustos. En la estación me he dado cuenta de que no tenía la maleta, claro, no había pasado por casa. Escribo desde otra ciudad aún no he salido de esa noche, por aquí hay un río y una hilera de farolas. De camino a coger la maleta he bordeado la verja, nunca he escrito sobre lo cerca que están el parque y la estación, he visto a tres hombres y me he preguntado cómo serán sus casas, habrán salido ya sin tener que esquivar al guardia, estos hombres son el parque.

Madrid, otoño de 2024.
Se imprime este libro y una familia
de mapaches se instala en la sede de
niños gratis*. Las editoras dedican
afectuosamente esta plaga a
Edith Ewing Bouvier Beale
y Edith Bouvier Beale.

*